文春文庫

マスクは踊る

東海林さだお

文藝春秋

マスクは踊る

もくじ

マスクは踊る

「令和」斯《か》く始動せり

「平成」と比べてみれば

かくして令和の時代が始まった。

これから先、われわれは令和とどう向き合っていけばよいのか。

当初、菅内閣官房長官からいきなり示されたときは、何だか気恥ずかしいやら、照れくさいやらテレビを見ながらモジモジするのだった。

いろいろ噂されていた見合いの相手を目の前にして、立ったり座ったり、ソワソワしながら手の平で額を叩いて「テヘ」なんて言ったりした。

悪い人ではなさそうだ、ということは感じた。

容貌もまあまあ、人柄も良さそうだし、趣味なんかもわるくなさそうだし……。

とりあえず交《つ》きあってみるか、と思った人は多いのではないか。

ただし、見合いはふつう嫌なら断ることができるのだがこの見合いばかりはそれができない。

会社員であれば会社のうんと偉い上司から持ってこられた話であるから、断わるなんてとんでもないことなので、内心ホッとしている人が多かったのではないか。

実を言うと、こうした見合いは前に一回みんな経験していたのだ。

平成のときである。

あれが見合いの第一回目。

その前の昭和のときは一般国民のあずかり知らないところで一方的に決められていて見合いも何もあったものではなかった。

ということで今回ので見合いは二回目。

ここで一回目を改めてふり返ってみることにしたい。

何事も経験、これから先にもあることだし、ふり返ることによって何らかの知恵が増えることにもなる。

今回の発表は菅官房長官だったが前回は小渕官房長官だった。

このことによって、新元号の発表は「内閣官房長官が行う」ということが確定したように思う。

制度というものは先例を重視するという伝統がある。

新元号発表は政治家であれば誰もがやりたがるものであるらしい。

安倍さんもずいぶんやりたがったらしい。

だからこそ、今回の菅さんの発表時の表情はいかにも嬉しそうだった。

いつもは例のあの表情なので急に嬉しそうな顔をするのはまずいと思って喜びを隠そうとはするのだが、隠そうとしても隠しきれない喜びがそこはかとなく浮かびあがってしまうので、それを押さえようとするのだがまたしても浮かびあがってきそうなのをようやく押さえた、という表情。

それがどうしてわかるかというと、まずですね、みんなは気づいてないと思うがあのときの菅さんはいつもよりおめかしをしていた。

まず八二に分けた髪の毛の分け目がいつもよりクッキリしているのをぼくは見逃さなかった。

ネクタイの結び目もいつもよりキチッとし

ていた。

ワイシャツのエリもいつもよりピンとノリが効いていた。

何しろ一世一代の晴れ姿なのだ。

前回の小渕さんは「平成おじさん」として歴史に名をとどめた。

菅さんはどうなるのだろう。

親しげに「おじさん」と呼びかける顔ではないし。

「令和じいさん」ではちょっと可哀相だし。

ま、いま決めなくてもいずれ歴史が決めてくれるのでそれを待つことにしよう。

ここで今後の勉強のために、「平成の小渕」と「令和の菅」の対比を試みてみることにする。

それぞれの発表の経緯、発表の段取り、式次第、発表時のポーズなどを、順を追って考察していきたいと思う。

まず平成おじさんの小渕さんから。

テレビ画面はまず官房長官が新元号を発表するためのテーブルを映し出す。

テーブルはごくふつうの、そのへんにあるような（粗末なという意味ではないが）机みたいなテーブルでマイクはひとつ。

画面の右手から小渕さんが一人で登場してテーブルに座る。

人待ち顔でちょっとソワソワしている。

ややあって右手から役人風の人がダンボール箱を小脇に抱えて登場。それを見た小渕さんに、箱を開けてから持ってくるように言われていったん退場する。

そして、開けた箱で隠すようにして持ってきた額縁を小渕さんに渡す。

小渕氏、エリをただして、

「新しい元号は平成であります」

と言ったあと、伏せてあった額縁の片側を少し上げて、裏側を盗み見るように見る。

のちにこれは「平成」が「成平」にならないためだったとされるが、このシーンは見た人の心にいつまでも残る「歴史的名シーン」として語りつがれることになる。

盗み見をした小渕氏は額縁を両手で持って自分の右肩よりやや高い位置に掲げて約15秒。

15秒のあと、急に〝そそくさ〟という感じになって額縁をテーブルに置いてそれでおしまい。

新元号発表という国家の大行事にしてはなんだか簡略過ぎるのではないか、と多くの国民は思ったが何しろ初体験、こういうものかもしれない、と思いつつ納得したのだった。

いまにして思えば、やはりあの式次第はちょっとお粗末だったのではないか。

ぼくが思うに「平成」と書いた紙を入れたあの額縁、いくらなんでもお粗末過ぎはしなかったか、白っぽい木の枠の幅はどう見ても1・5センチぐらいしかない。

そのへんの文房具屋で売ってるのを買ってきたとしか思えない安そうな額縁。

国家的大行事の額縁なのだから、国家予算でもう少しいいのを買ってくることはできなかったのか。

町の画廊の個人の展覧会でさえ、彫刻が入ったりしたもっと幅の広い枠の額縁を使ってるぞ。

ダンボール箱に入れて持ってくるというのもなんだかなあ。

いまにして思えばかえすがえすも残念でならない。

式の最初のほうの、役人が額縁を持って登場する場面、あれだってもう少し何とかかならなかったか。

いちおう奉書でしょう、あの平成と書かれた紙は。

ダンボールはいいとしても書式の入ったものを小脇にかかえて、というのはいかがなものか。

昔の天皇陛下の「教育勅語」のように、頭上に高く捧げ持ってゆっくり歩を進めるという方法もあったはずだ。

雅楽の演奏とともに、という演出の仕方もあったはずだ。

これらの事例をひとつひとつ思い起こしてみると、前回の平成の発表は「式」になっていなかったのだ。

人集まれば式あり。

学校ならば入学式、卒業式、会社であれば入社式、幼稚園にだって入園式がある。

元号の改定は国家的大行事である。

そうあるべき式を、ダンボールや町の文房具屋で買ってきた額縁で済ませてよかろうはずがないのだ。

昔だったら国家的大行事のときは街に祝砲が轟《とどろ》き花火が打ち上げられ、提灯《ちょうちん》行列、花電車ということに決まっていたものだった。

今回の「令和」の一部始終を見ても、式たりえていない、と考えられる。何しろ官房長官が紙を掲げただけなのだ。

時の政府も実際の話、新元号の発表をどのような形で行えばよいのか、今回の令和も含めていまだに暗中模索なのだと思う。

とりあえず平成のときのあの一部始終を踏襲してみたというのが現状なのだ。

何しろ国民が元号を決めていいことになってからまだ二回目。

頼りにする根拠は「元号法」のみ。

その元号法が頼りにならないのだ。

①元号は、政令で定める。

②元号は、皇位の継承があった場合に限り改める。

元号法と大きく出ていながら大まかに言うとその内容はこの二項だけ。

元号法には、元号の発表はああしろこうしろということは書いてないので、時の政府が発案しなければならない。

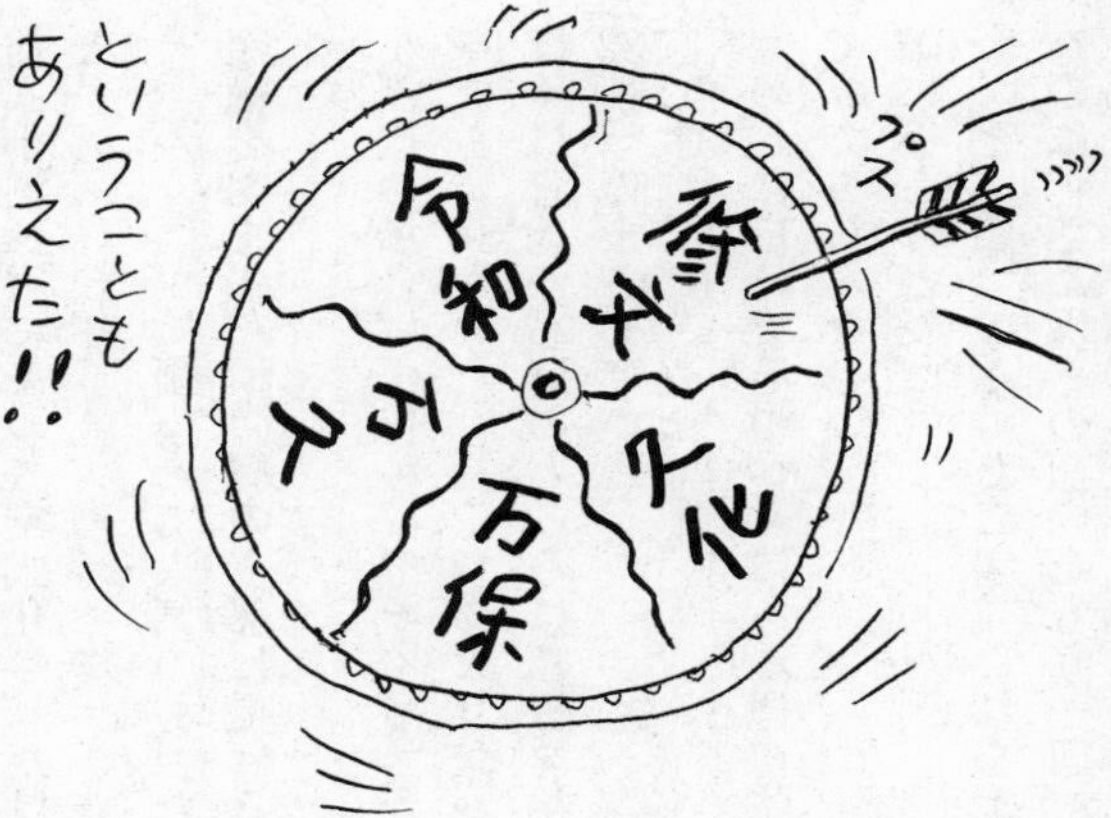

その発案というのがダンボールであり、安目の額縁であり、その安い額縁を掲げての「……であります」ということになる。

では今回の令和は前回の平成よりいくらかましになったのか、ということになる。

ましになったのか？

そのあたりを検証していくことにする。

まずダンボールが廃止されて、書類整理箱みたいなものになった。

額縁もいいものになった。

枠の幅も1・5センチは優に越えて2センチと見た。

官房長官が立つテーブルのほかに額縁を置くための額縁専用の台が設けられ額縁はその立派な台の上に鎮座することになった。

マイクの数が前回は寂しく一本だったが、今回は二本。前回なかった国旗掲揚。

前回との相違点はまだまだある。

前回小渕長官によって定式化されたはずの、額縁を取り上げる前の「盗み見」がなかった。

せっかく国民に馴染んで人気のあった事例がたった一回で廃止されたのだ。

額縁を、まず右横の肩の上部に掲げる、という部分はそのまま継承されたが時間が長かった。

小渕氏の場合は「15秒でそそくさ」だったが菅長官のは長かった。

やたらに長かった。長くて念入りだった。

ぼくは菅氏が右肩のところに額縁を掲げた瞬間、時計の秒針に目をやったのだが、1分32秒、停止させていた。

1分32秒は長い。相当長い。

ためしに自分でそのへんにある週刊誌でも何でもいいから右肩のところに1分32秒掲げてみてごらんなさい。

嫌になるほど長い。

「令」と「和」のたった二字、これを1分32秒見ていれば誰だって頭に入る。

なのに菅さんはその額縁をもう一回、今度はグルッと回して左肩のところに掲げた。

掲げたまま今度は40秒（ぐらい）。

これでもう充分、もう見飽きた、上が令で下が和だろ、上と下で令和だろ、それ以外のことが何か書いてあればそれを読むことになるがナーンニモ書いてないのにずうーっと見せている。

まるで子供に紙芝居を見せているポーズ。

これでやっとおしまい、と思っていたら、また今度右肩に戻って40秒。くどい。

これは誰が見てもやり過ぎなので次回のときは右一回、左一回、それも一回30秒、というふうに改めてもらいたい。

やってることは紙芝居のおじさんではあるが、国民に新元号を周知せしめんとする為政者の表情がそこにあった。

ここで「平成」と「令和」と二回行われた〝元号発表式典〟を総括してみると次のようになる。

①元号は紙に毛筆で書く。
②それを額に入れる。
③発表は時の官房長官が行う。
④「……であります」と言ってから額を掲げて見せる。
⑤おしまい。

小学校の運動会や卒業式だってもう少しいろんなことをやるはず。

国家の元号の改定という国家的大行事が小学校の式典以下というのはいかがなものか。

思うに、平成のときも令和のときも、この大行事を担うべきプロデューサーがいなかった。

みんなのその場の思いつきと成り行きで事が運ばれた。

その結果、式典なんだか記者会見なんだかわからないような有様になった。

次回はもっと盛大に、大掛かりに、華々しくやりましょうよ。

前回は平成のほかに候補として正化と修文があったわけですよね。

今回は令和のほかに久化、広至、万和、万保、英弘があった。

それらの中から一つに絞るのにナンダ、カンダ、アーダ、コーダがあって、決まったあともナンダカンダがあった。

そういうナンダカンダを失くすためにこうしたらどうか。

宝くじ方式。

テレビでやってるのをときどき見るけど、円盤に数字が書いてあって、ショートパンツの若くてきれいなおねえさんが矢で射るやつ。

あの方式。

円盤に令和とか万保とか久化とか修文とか書いてあって矢が当たったところに決める。

ちゃんと会場も宝くじ調に華やかにしつらえて大観衆。大楽隊。大興奮。

大楽隊の音楽が最高潮に達したところで矢が放たれて当たったところが「令和」。

大拍手、大歓声鳴りやまず。

アーダ、コーダの入る余地なし。

もう一つ。

こういうのはどうか。

毎年「今年の漢字」というのがありますね。

大きな紙に清水寺の貫主《かんす》とかいう人がピカピカの大袈裟《おおげさ》な袈裟を着て出てきて大きな筆で墨痕鮮やかに大きな字を書く。

テレビに大きな筆を構える貫主が映る。

全国民が見守る。

貫主、紙にまず、

「令」

を書きあげる。

固唾《かたず》を呑む全国民。

一息おいて、

「和」

日本列島どよめく。

ねえ、華やかにいきましょうよ、目出度《めでた》くいきましょうよ、新しい門出じゃありませんか。

最後にこれは全く個人的な意見なのですがぼくなりの令和に対する感想。

聞くところによると国書だかの、万葉集だかの文章の群れの中から前後や内容に関係なく勝手に令と和を拾い上げたわけでしょう。

だったら「令和」より「和令」のほうがよかったんじゃないかな。

いや、ただ「和令」のほうが座りがいいように思っただけ。

気にしないでくださいね。

タンマ君 傑作選 1

東海林さだお

上層部が決めることになった
対策本部
対策本部
ギイ
いよいよだナ
発表します!
風呂敷
味良
やっぱり2文字だったナ
誰にも読みやすく書きやすいというのもポイントだったナ

日々是忙日・安倍晋三日記

首相の毎日は分刻み

安部晋三、64歳。

という人がいるとします。

「おう、知ってるよ。日本の総理大臣だろ」

と思った人は多いと思うが早とちりしないでいただきたい。

安倍晋三ではなく安部晋三。

こういう名前の人、日本におそらく4人はいると思う(何の根拠もないが)。

この安部晋三さんはどんな人かというと、普通に考えればまずサラリーマンでしょうね。

ということで考えていくと、サラリーマンで64歳ということはもうすぐ定年。

もしくは60歳でいったん定年になって、そのあと嘱託として70歳まで会社に置いても

こちらが安倍晋三氏
の人

らっている最中ということになる。

ウダツのほうはどうか。

上がっていたら嘱託で70歳まで会社に置いてもらうなどということにはならなかった。

置いてもらう、などと、さっきから置物みたいな言い方をしているが、実際の話、置くというのは〔そのままの状態で保存する〕とか、〔ほったらかしにする〕という意味があるのであながち間違った言い方をしているわけではない。

安部晋三の目下の保存状態はどうか。

どういうふうに保存されているか。

幸いこの安部さんは几帳面な人で毎日日記をつけているので、それによって目下の日常を知ることができる。

この日記は1行15字という短文で書かれて

いる。

「安部日記」

3月10日

7時16分、自宅出、同21分バス停。

8時54分、会社着。9時0分、仕事開始。12時2分、会社出。12時7分、吉野家着、（並）、つゆだく。

18時7分、会社出。20時1分、夕食、発泡酒1。23時33分、就寝。

読んでみるとわかるが時間にこまかい。

時間にはこまかいわりに内容に乏しい。

でも会社で保存状態になっているサラリーマンの日常はまずこんなものであろう。

ここにもう一人の64歳、安部晋三さんではなく、安倍晋三さんのほうの日記もあるのでそれを紹介したい。

安倍晋三さんのウダツはどうか。

十分上がっている。

上がりきっている、と言っても過言ではない。

安倍さんのほうの日記は新聞記者が書いてくれる。

新聞各社がそれぞれに書いている。

朝日新聞が「首相動静」

読売新聞が「安倍首相の一日」

毎日新聞が「首相日々」

産経新聞が「安倍日誌」

各社が日本の首相の一日まるごとを事こまかく、時間にこまかく、朝から夜まで逐一、詳細に報告している。

各新聞の2〜5面に、全12段のうちの8段あたりを使って毎日必ず掲載している。

この欄を読むと日本の首相が丸一日、何時に家を出て誰に会い、誰と話をして、どんな店で何を食べたかがようくわかる。

はたして安倍首相はたまには吉野家に行くのか行かないのかということまでくわしくわかる。

だがせっかくの興味津々《しんしん》のこの欄に目を通す人はきわめて少ない。

よっぽどヒマな人、たとえば先述の安部晋三さんみたいな人しかいないだろう。

とりあえず最近一か月以内の比較的忙しそうな一日を取りあげてみよう。

2月5日「安倍日誌」（産経新聞）

【午前】7時1分、公邸発。2分、官邸着。10分から8時20分、西村康稔官房副長官。24分から32分、閣議。33分から45分、西村氏。49分、官邸発。50分、国会着。52分、衆院第1委員室入る。53分から56分、麻生太郎副総理兼財務相、茂木敏充経済再生担当相。9時、衆院予算委員会開会。


ここまでが「午前の部」で行数にして9行、このあと「午後の部」が33行。

部屋を出たり入ったりまた出たり。

人に会うこと午前中だけで20人以上。

何とまあ目まぐるしい一日であることか。

そして何とまあ面白さに欠ける一日であることか。

まず「7時1分、公邸発」というところに注目してみよう。

7時1分に公邸を出るということは少くとも6時半には起きて、歯を磨いてヒゲを剃りネクタイを選んでしめたりしたはず。

人に会ってもせいぜい2分とか4分。

ふつう人に会ったら、時候の挨拶などをするもので、

「暖かくなってきましたね」

とかも言うはずなのだが、これでは時候の挨拶だけで全会話が終了してしまうのではないか。

この日以外の各紙の「首相の一日」欄を読んでも内容はほとんど似たりよったり。

毎日毎日、部屋を出たり入ったり、車に乗ったり降りたり、人に会ったり挨拶したり。

ここで政治家の実務とは何かということを考えざるをえなくなる。

どんな職業にも本来の実務というものがある。

昔で言えばお百姓さんであれば鍬《くわ》で土を耕すことであり、商人ならばソロバンをはじくことであり、お役人ならばハンコをつく、というふうに。

各紙の「首相の一日」を読んでいると、政

治家の実務とは動きまわって「人に会うこと」であり、「部屋を出たり入ったりすること」であるような気がしてくる。

それ以外のことはしてないのだ。

何のために人に会ったり、部屋を出たり入ったりするかというと、それは「根回し」とかいうことをするためで、結局「政治とは根回しである」という気がしてくる。

と思っていると、意外に意外な業務もあることに気づかされる。

それは「歩く」という業務である。

2月4日「安倍日誌」（産経新聞）

6時7分、ドイツのメルケル首相を出迎え。記念撮影。8分から14分、儀仗隊による栄誉礼、儀仗。16分から7時5分、メルケル氏と首脳会談。

という記事が目に入った。

こういう仕事も一国の首相の大切な業務である。

歩くのも仕事のうち。

だがこういう業務こそまさに余人をもって代え難い仕事なのである。

忙しいので代理で、ということは絶対に許されないのだ。

1月8日「安倍日誌」（産経新聞）

6時3分、ルワンダのカガメ大統領を出迎え。記念撮影。4分から10分、儀仗

隊による栄誉礼、儀仗。14分から7時

9分、カガメ大統領と首脳会談。

というのもある。

メルケル氏の場合の栄誉礼、儀仗が6時8分から14分、カガメ大統領が6時4分から10分、栄誉礼と儀仗にかける時間はどちら様も6分というのが相場らしい。

栄誉礼、儀仗というのは、大勢の儀仗隊（自衛隊）が整列している前を、ただ歩いて行くだけである。

ただし急いではいけない。

今日は忙しいので早足で、というわけにはいかない。

まして走ったりしてはいけないのは言うまでもない。

「人に会う」「部屋を出入りする」「儀仗隊の前をゆっくり歩く」、一国の首相は毎日どんなことをしているか、が、だんだんわかってきた。

あと何だろう。

そうだ、政治家にとって不可欠で重要な仕事、それは演説である。

ヒトラーは演説の技術であそこまで行った。

ただ昨今の政治家の演説は、演説というより、読んでいる、といったほうがいいかもしれない。

原稿をただ読んでいるだけなのだが、それをいかに演説らしく見せるか、そっちのほうの才能が問われている。

テレビの国会中継を見ているとわかるが、野党の質問をするほうも紙に書いたものを読んでいる。

ただ読んでいるだけなのだが、それをいかに質問しているらしく見せるのか、その才能というか演技力というか、そっちのほうが大切なのだ。

ときどき声を荒げて怒ったりするが、そこのところも実は書いたものを読んでいるのだ。

答弁するほうはもっと読む。

芝居の黒衣《くろこ》みたいに周りを取り囲んだ役人のメモを大急ぎで読み、大急ぎで頭にたたきこみ、そのまま自分で考えたフリをして答弁する。

まるっきり文楽の世界。人形浄瑠璃。

人間が人形扱いされている。

ふつうだと自分が他人から人形扱いされたら怒ったり恥じたりするものなのだが、この人形に限ってそういう感情がないらしいこと、ここがこの場面の一番のポイントである。

衆議院予算委員会における質疑、などと、もっともらしい名前がついているが、実態は読みっこ対読みっこ、読みっこごっこというごっこの世界なのだ。

ごっこというのは電車ごっことか鬼ごっことか、そういうお遊戯のことを言います。

とか言いつつも、一国の経済も方向も、そのごっこで決まっていくところが恐ろしい。

1月28日は首相の「施政方針演説」が行われている。

施政方針演説は1時間近くかかる。

1時間近く演説しっぱなし。

演説しっぱなしということは1時間近く立ちっぱなし。

コンビニの店員といえども1時間近く立ちっぱなしということはない。

ときどきバックヤードに品物を取りに行ったり、商品の品揃えの点検をしたり、けっこう動きまわる。

64歳の老人が1時間近く立ちっぱなし。

これだけでもかなりつらいことなのだが立っているだけではなく演説が付く。

1月28日「安倍首相の一日」（読売新聞）

【午前】9時27分、官邸。28分、報道各社のインタビュー。34分、臨時閣議。43分、岩屋防衛相、防衛省の高橋次官、槌道防衛政策局長。11時28分、国会。31分、自民党両院議員総会。42分、同党代議士会。57分、高木陽介公明党国対委員長。

この日の午前中にこれだけの人数に会ったあと、午後、更にいろんな人に会い、そのあと、

「2時2分、衆院本会議。施政方針演説」

という段取りになっている。

当日は施政方針演説だけ、というわけにはいかないようなのだ。

2時2分に始まって1時間弱演説、休憩なし、立ったまま。

「24時間戦えますか」というＣＭがかつてあったが、全国の64歳の人たちに問う。

「1時間、立ちっぱなしで演説できますか」

演説を新聞の紙面に書き写すと新聞紙一枚分びっしりになる。

1時間しゃべるといっても、1時間読んでいるだけなのだが、それでも大変。

読みっぱなし、というわけにはいかないので、ときどき、

「読んでるだけじゃないんだかんな」

ということを示すために原稿から目を離して議場内を右から左に、左から右に見回して演説をしているフリもしなければならない。

再び全国の64歳の人々に問う。

「施政方針演説、読んだことありますか」

施政方針演説というものはこんなふうに始まります。

「本年4月30日、天皇陛下がご退位され、皇太子殿下が翌5月1日にご即位されます。国民こぞってことほぐことができるよう、万全の準備を進めてまいります。

『内平らかに外成る、地平らかに天成る』

大きな自然災害が相次いだ平成の時代。被災地の現場には必ず、天皇、皇后両陛下のお姿がありました」

ここまで読んで、

「フーン、意外にまともなことをまともにしゃべってるんだな」

と思った人は多いと思うが、しゃべっているのではありません、読んでいるのです。

でも、実際に読んでみると、読んでるだけでも大変なことなのです。

実際にぼくは今、この首相の施政方針演説を新聞で読んでいるところなのだが、くどいようだが1頁12段、はじからはじまで字がびっしり、1段が92行なので、1段92行をあと12段読まなければならないわけで、まだ最初の12行しか読んでないのにもう、うんざり、懲《こ》り懲《ご》り、まっ平《ぴら》。

全文が載っている紙面の左下の、

「ご清聴ありがとうございました」

のところが西部劇のラストシーンのように遥か彼方に霞んで見える。

だが当人（安倍さん）は、やんなっちゃったから途中でやめたいと思ってもやめられない立場にある。

しかもです。

ここんところが大切なところなのだが、せっかく人が一生懸命しゃべっているのに（一生懸命読んでるのに）みんな、いや誰一人としてまともに聞いている人がいないということ。

ここで再び全国の64歳の人々に問う。
安倍晋三の人生を選びますか。
安部晋三の人生を選びますか。

傑作選
2
東海林さだお
半沢直樹
ウチにもいるのよね
半沢直樹が!?
経理課の……
半沢尚紀
ずいぶんイメージのちがう半沢だナ

ウチの半沢って
どんなやつだっけ？
ウチのは
すごく気をつかう半沢なの
こまかいのがないのでとりあえず出しといて
じゃ千円貸しね
でも返すときは……
1000
千円
倍返し！
ナットク!!

ここにも歴史あり（テレビCM篇）

牧歌的なCMよいずこへ

とうとうやってしまった。

昭和、平成、令和の三代をやってしまった。

ことしの五月一日、平成が令和になった瞬間の感慨がこれだった。

三代を生きてしまった。

三代を跨《また》いでしまった。

別にいけないことをやってしまったわけでもなく、恥ずかしいことをしたわけでもないのに、何だろう、この何とはなしの罪悪感。

恥ずかしながら、という感覚。

おめおめ、という意識。

ぼくは今八十一歳なのだが、八十年間生きてきたのだ、という思いはそれまで全然な

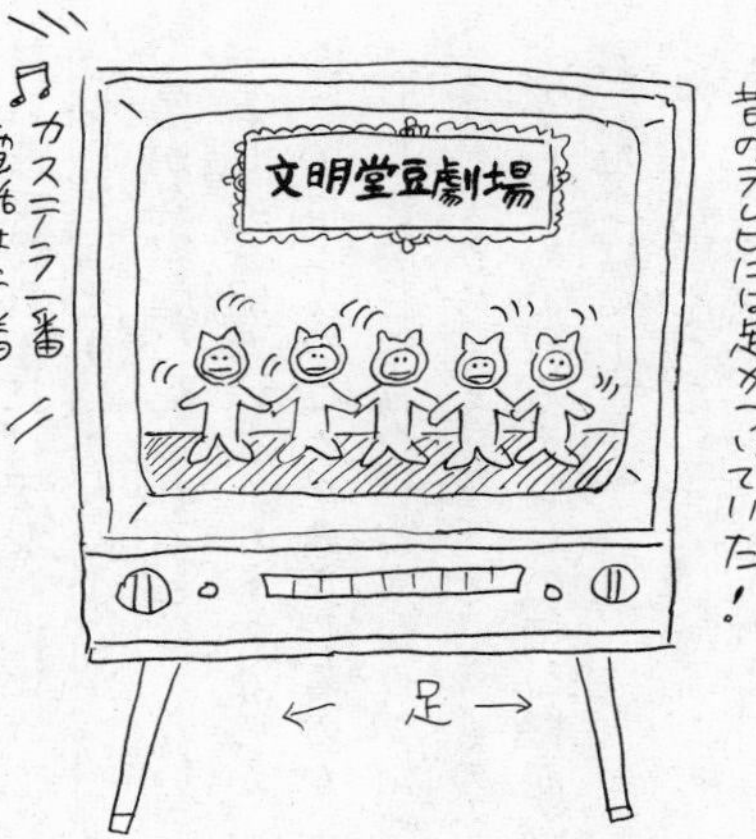
昔のテレビには足がついていた！
♪カステラ一番
電話は二番
文明堂豆劇場
足

かったのに「三代」という言葉を突きつけられたとたん、おめおめ感が生じた。

やはり「代替り」という言葉には重みがある。

歴史が動いたのだ、という思いにとらわれざるをえない。

自分の人生が古びた、という思いが生じ、古びたのにおめおめ、という感覚になり、そのことが、やってしまった感につながったのだろうか。

歴史は動く。どんどん動く。目覚ましい勢いで動いていく。

文明も動く。価値観も動く。感性も動いていく。

令和になって以来、

「あなたにとって昭和とは何だったのか」、

「あなたにとって平成とは何だったのか」と

いう問いかけがあちこちで発せられている。

ぼくは昭和の二十年代あたりで思春期をむかえた。

ちょうどそのあたりで日本はテレビの時代に入った。

それまでの日本にはテレビというものがなかった。

テレビとはどういうものなのか。

画像が各家庭に配られるとはどういうことなのか。

テレビの番組とはどんなものなのか。

そこではどんなことが語られるのか。

テレビに関しては全日本人がウブだった。

生まれて初めてピストルというものを見せられて驚く原住民状態だった。

だから初めて観るテレビの持つ機能のどの部分にも、

「おったまげたー」

という状態だった。

思えば、ぼくはその状態の日本にすでに生きていたのだ。

すでに生きていたのだ、という思いは古代という言葉にどこかでつながっていて、シーラカンスなどというものを連想する人も多いはずだ。

テレビというものを生まれて初めて観てカルチャーショックを受けなかった人はいな

い。

そのカルチャーショックは人によって様々だが、ぼくの場合はこういう場面だった。

「精工舎の時計が正午をお知らせします」

テレビの画面を見ていると、画面いっぱいに時計の盤面が映り秒針が5秒前を示していてその秒針がチッチッチッと動いていって、ポーンという音と共に正午になる。

そして「精工舎の時計が正午をお知らせしました」という声が流れ「提供　精工舎」という文字が出た（精工舎はのちのセイコー）。

このことにぼくはおったまげ状態になった。

時刻というものは「提供」されるものなのか。

提供ということは供与ということであり、ということは、われわれは正午をもらったわけ？　精工舎が正午という時刻をくれたわのこーのとかいうことは、精工舎はどこからか時刻を仕入れてきて、仕入れ値がどーのこーのとかいうことなくタダでくれたわけ？　モー、わけわかんない、とテレビの箱の前で頭をかかえた状態になった。

それまでのぼくの人生では時間は自分で「知る」ものだった。

それを「くれる」というのだ。

しかもタダで。

それまでの経済観念がメチャメチャになった。

価値観も根底から崩壊した。

何しろそれまで一度だってコマーシャルというものに出会ったことがなかったのだ。

時刻を誰かがくれる。

そういう価値観でこれから先、生きていかなければならない。

新しい価値観に自分を合わせていかないと時代に乗り遅れる。

そう思いつつテレビを観ていると天気予報が始まった。

そのころは「サントリーの天気予報」というものが盛んに流されており、

〽みなさんあしたの天気はどうでしょう

サントリーが知らせる天気予報

というＣＭが有名だった。

天気予報も「提供」されるものになったのだ。

お天気は単なる気象現象だったはずだが、これにもどうやら商品価値が生じたらしく、商品として取引きされるようになったらしいのだ。

テレビ新時代、それはあらゆるものが商品価値を持つ時代を意味する。

一例を挙げれば、禿にも商品価値が生まれた。

テレビ時代以前は禿に商品価値はなかったがアデランスが禿に商品価値をもたらした。

デブにも同じことが言える。

テレビ以前のデブは単なるデブだったが、俄然商品価値が生まれた。

ダイエットは今や産業となってテレビCMの花形となっている。

テレビというものが出現し、テレビコマーシャルというものが日本中を席巻しはじめた。

コマーシャルという言葉はそれまでの日本語にはなかった。

コマーシャルって何だ？　と疑問に思う間も与えられぬうちにテレビＣＭは世の中に蔓延《まんえん》し、人々は朝から晩までコマーシャル漬けになった。

「カステラ一番、電話は二番、三時のおやつは文明堂」

と言われれば、

「そうなんだ」

と素直に頷《うなず》き、

「クシャミ三回ルル三錠」

と言われれば、

「尤《もっと》もである」

と思い、

「金鳥の夏、日本の夏」

と言われれば、

「言いえて妙」

と感心しきりだった。

「男は黙ってサッポロビール！」

という断言には、

「よくぞ言った！」

とヒザをたたき、

「ウーン！　マンダム」

に対しては、

「ウーン……」

と言ったきり二の句が継げず、

「レナウン娘がワンサカワンサ」

と歌われると、

「レナウン娘というものは、えてしてそういうものなんだよな」

と得心し、

「ハッパフミフミ」

には困惑しつつも、

「よくわからないところに味がある」

というふうに、何しろCMは初体験、全国

民的にウブだったので何を言われても素直に感心するばかりだった。

思い返せば懐かしいCMばかり。

勃興期のCMは牧歌的なものばかりだった。

テレビのCMはそういう時代がしばらく続いた。

穏やかで、ときに知的であったり、ときにユーモアにあふれていたり、テレビCMというものは、あれはあれで、けっこう楽しめるものなんだよな、という認識の時代が続いていた。

物販の世界も穏やかだった。

物流の世界も静かだった。

デパートは繁盛し、八百屋さん、魚屋さんも威勢がよかった。

そのうち少しずつ世の中が変わっていった。

コンビニが出現したあたりかな、あのへんから街の様子が変わっていった。

宅配便の会社が忙しくなり物流が大きく変化した。

このあたりからテレビのCMも大きく変化しはじめる。

通販の時代がやってきたのだ。

えげつない時代がやってきたのだ。

ぼくは不思議でならない。

通販のＣＭはなぜあのようにえげつないのか。

通販のＣＭはえげつなくなければならないものなのか。

あそこは、普通の、穏やかで、ときには知性に訴え、ユーモアで呼びかけたりするＣＭは通用しない世界なのか。

誰がああゆー世界に仕立てあげたのか。

特に深夜もの、夜中の三時四時もの、夜が更《ふ》けるにしたがってえげつなさが激しくなっていくような気がするのだが気のせいなのか。

深夜の通販のＣＭは次のように展開する。

まず司会者がその商品をほめる。

絶賛しまくる。

これまでどこにもなかった製品である。

わたしはまさにこういう製品を前から欲しがっていたのだ。

その待ちに待った製品が、いま、ここにこのように出現しました。

どうです、欲しいでしょう。

そうすると、どこでどう招集したのか、司会者の周辺に、若くはない男女が蝟集《いしゅう》していて口々に、

「欲しい、欲しい」

と言う。

中には絶叫する人もいる。

そうしてお定まりの「でも」の段階になる。

「でも、お高いんでしょう」

「さぞかし」を入れる人もいる。

「さぞかしお高いんでしょう」

その表情はまさに不安、ま顔で、真剣に、心の底から不安そうに不安がる。

周辺の人々の中の一人のおばさんの不安そのものの表情がクローズアップになる。

この不安はすぐ、

「でも、ご安心ください」

で解消する。

なぜご安心かというと、

「このたび……」

の段階になり、

「皆様の長年のご愛顧にこたえ、創業30周年を記念して全製品５割引きセールを!!」

ということになり、パールのネックレスならネックレスが、

「なんと！」

ということになる。

この「なんと！」は必殺パターンで、これまでの深夜の通販番組史上、「なんと！」なしで値段が発表されたことは一度もない。

「この大粒の真珠のネックレスが、なんと、３万９８００円！」

サンキュッパもまた深夜の通販番組のテッパンである。

サンキュッパが発表されたとたん、一同はどよめく。安すぎる。

大きく目を剝《む》いて上半身をのけぞらせ、虚空を握ってみせるおばさんもいる。

中にはおじさんも混じっていておじさんものけぞってみせる（ネックレスなのに）。

とにもかくにもここでは大袈裟が尊ばれる。

ここには人間の真の姿はない。

すべてが演技なのだ。

演技ではあるが本当の演技ではない。

演技ということになるとスタニスラフスキーかということになり、むずかしいことになるのだが、ここで行われている演技は、誰が見ても一目で演技だな、とわかるとてもわかりやすい演技なのだ。

さっきから演技、演技といっているが、ここに蝟集している人々のほとんどは、実を言うとプロの演技者たちなのである。

プロ、と言うか、元プロと言うか……。

プロの演技者が、一目で演技と見破られる演技を演技するわけだから、二重三重の演技力がない人には務まらないややこしくてむずかしい演技ということになる。

話はサンキュッパのところに戻る。

ほとんどの人がのけぞったのに、一人、しぶといおばさんがいる。

「もう一声！」

といつのまにか登場している業者に詰め寄る。

苦悶する業者。

更にナンダカンダ詰め寄るおばさん。

本当に一歩近づいて詰め寄る。

腕を組んでハゲシク苦悩する業者。

そしてついに決断。

「サンマン……ゴセンエン」

「もう一声！」

「サンマン……エン！」

もうギリギリ、もうどんなことがあっても、

「サンマンエン！」

と業者は声を絞《しぼ》り出す。

迫真と言えば迫真、リアリズムといえばリアリズム。

なのだが、実はこれは全部台本どおり。

そういえばきのうの夜もそのおばさんはその業者に詰め寄っていたし、その業者はきのうの夜も苦悶していた。

そういえば、と、ここでふと思う。

最近「これは」というＣＭを聴いたり目にしたりしないな。

「レナウン娘がワンサカワンサ」

とか、

「ハッパフミフミ」

とかいう、楽しげな、というか、牧歌的な、というか、そういうＣＭ、姿を消したな。

現在のＣＭで印象が強いのは、どうしても、

「なんと！」ものになる。

「もう一声！」ものになる。

でもああいうのってテレビCMとは違うものでしょう、テレビCMって、もっと文化とか知性とか、いい意味での娯楽性があるとか、そういうたぐいのものじゃないの、という意見もあれば、テレビCMってもともと「なんと！」もの、あれこそが本筋である、という人もいる。

ぼくですか。

ぼくはどっちも楽しく見てるけどな。

傑作選 3

東海林さだお

卵が割れないクッション
ワレテナーイ!
あれって本当に割れないのかな
いろんな人がためしてるけど本当に割れないらしいよ
ただしいまは偽物の粗悪品が出まわってるらしい

エーッ!!
ボクこれ買っちゃったんだけど
2980円?
ビミョーな値段だナ
とりあえずすわってためしてみたら
破卵盤上という結果が出たわけだ

昭和の匂い

呼び覚まされる懐かしい記憶

人間には五感が備わっている。

視、聴、嗅、味、触の五つ。

この五感のうち、日常生活に必須のものはといえばまず視覚、次が聴覚ということになると思う。

この二つがあれば、とりあえず何とかやっていけそうな気がする。

嗅覚はどうか。

嗅覚？　嗅覚はなくとも何とかなるんじゃないの、と思う人は多いと思う。

若い人は確かにそうかもしれない。

だが嗅覚は老人にとってとても重要な感覚であることを若い人は知らない。

なぜ嗅覚は老人にとって重要か。

そのことをこれから説明しようと思っているところであります。

「マルセル・プルーストのマドレーヌの話」はあまりにも有名だ。

マドレーヌを紅茶にひたしてその香りをかいだとたん古い記憶がよみがえる。

実は匂いと記憶はもともと密接な関係があったのだ。

記憶は脳の中の海馬というところが管理していることは脳科学者によってすでに解明されている。

どういうふうに管理しているか。

農協などではトマトを出荷する前に選別ということをする。

大きいトマト、中ぐらいのトマト、小さいトマトに選別する。

海馬は農協と同じようなことをしている。

記憶を「いますぐに役立つ記憶」「いますぐは役立たないが何かあったときに役立つ記憶」「当面何の役にも立たないのでとりあえずしまっておく記憶」というふうに、大体三つに選別して脳の中にしまっておく。

特に三番目の「当面何の役にも立たない記憶」は当分使い道がないので古漬として脳の奥にある物置きの奥のほうにしまい込んである。

さて、先述の老人である。

老人は懐古の人でもある。

当面何の用事もないので思い出にふけることが多くなる。

一日のうち懐古にかなりの時間を費やす。

これまでの人生の楽しかったこと、苦しかったことのあれこれ、老人は若い人に比べてその総量は豊富なので懐古を始めると時間がかかる。

懐古あまって自分史を書き始める人もいるくらいだ。

それに何といっても懐古はお金が一銭もかからない。

老人が懐古を愛好してやまない理由でもある。

さて、今年から令和ということになった。

ぼくら老人は、昭和、平成、令和の三代をやっつけてきた。

時代にはそれぞれの匂いがある。

■学校の暖房は
ダルマストーブ
弁当を温める生徒
がいて
海苔弁の匂い

それぞれの時代が醸《かも》し出す匂い。

時代色という言葉があるように時代にも匂いがある。

ぼく自身は、平成にはなぜかあまり匂いを感じない。

昭和となると俄然匂いを感じる。

昭和の匂い。

つい先日、古い友人に手紙を書こうと思って机の引き出しの奥のほうから万年筆を取り出した。

なぜ万年筆かというと、何しろ古い友人なので当然年齢も古くなっているわけで、だったら万年筆を使って手紙を書こうと思った。

この「だったら」は、古い友人とは万年筆を使って文通する仲だったのでの「だったら」なのである。

万年筆を手に取った。

インクの匂いがする。

その瞬間、「昭和の匂いだ」と思った。

インクの匂いは昭和が醸し出す匂いだ。

インクの匂いはたちまちぼくの脳の海馬の古漬を取り出した。

当時、役所や銀行の入り口のところには用紙に記入するための台が置かれていた。

その台の上にはインク瓶とペン立て（ペン先のついたペン軸をさしたもの）のセットが必ず置いてあった。

そして、ああ、懐かしの、書類にペンで字を書いたあと字がこすれて汚れるのを防ぐための、吸い取り紙が貼りついていて、それをギッタンバッコンすると余分なインクを吸い取れるあれ、あれの正式な名前はいまだにわからないがとにかくあれがインクのセットといっしょに置いてあったものだった。

マルセル・プルーストはマドレーヌだったが、サダオ・ショージはインクの吸い取り紙だったのだ。

ぼくの海馬は更にインクにまつわる出来事を次々に物置の奥から取り出し続ける。

「雨上がりの匂い」というものが昭和にはあった。

夏の夕方、積乱雲が空にモクモクと立ち昇っていって急にあたりが暗くなり、ポツリと一滴手に当たったと思ったとたん、ザーッという激しい音とともに降ってきてすぐに

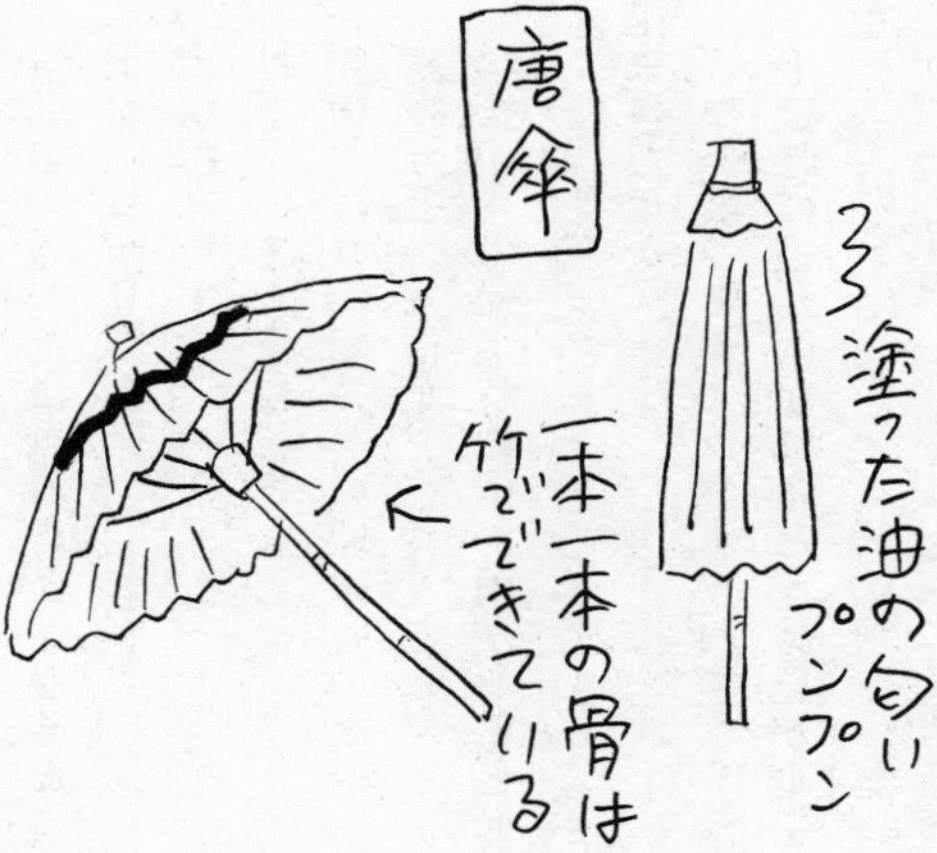
唐傘
塗った油の匂いプンプン
一本一本の骨は竹でできている

通りすぎてゆく俄《にわ》か雨。通り雨とも言った。

そのあと、あたりに雨上がりの匂いが立ちこめる。

雨上がりの匂いは湿った匂いで、当時は道路がアスファルトで舗装されていなくてむき出しの土だった。

土埃《つちぼこり》が雨に打たれて舞い上がり、それが雨の湿気と混じってあたりに漂っていたのだ。

懐かしーなー、雨上がりの匂い。

俄か雨ということになると雨宿りということになる。

すぐ止むことがわかっているのでしばしよそんちの軒下《のきした》で雨が止むのを待つ。

雨が止んだあと、道路の遠くに薄く立ち昇る陽炎《かげろう》、ふと見上げれば上空に七色の虹。

懐かしーなー、いまここに書き並べた言葉たち、積乱雲、俄か雨、通り雨、土埃、軒下、雨宿り、陽炎、七色の虹、どの言葉にも昭和の匂いがこもっている。

いま急に降ってくる俄か雨はゲリラ豪雨という名前になる。

積乱雲、めったに見ることがなくなった。

俄か雨はゲリラ豪雨。

土埃、立たず。

軒下、いま人家に軒下なし。

雨宿りはコンビニへの駆け込みとなった。

雨宿りという言葉、宿ってたんですよ、昭和の時代は、人んちの軒下に。

学校からの帰宅時に俄か雨があるとお迎えというものがあった。

いま「お迎え」は不吉な言葉であるが、昭和の時代のお迎えは嬉しくて楽しい学校の出来事だった。

ピッチピッチチャップチャップランランランの出来事だった。

下校時に俄か雨が降ると、父兄が傘を持って学校まで迎えにくるという習わしがあった。

いま「父兄が」と書いたが、当時は傘を持ってくるのは父兄だった。

いまは父兄と書くと、なぜ父と兄なのか、母と姉はどうしたのか、ということになる。

父兄としての母親が傘を持って（時には長靴も持って）学校にやってくる。

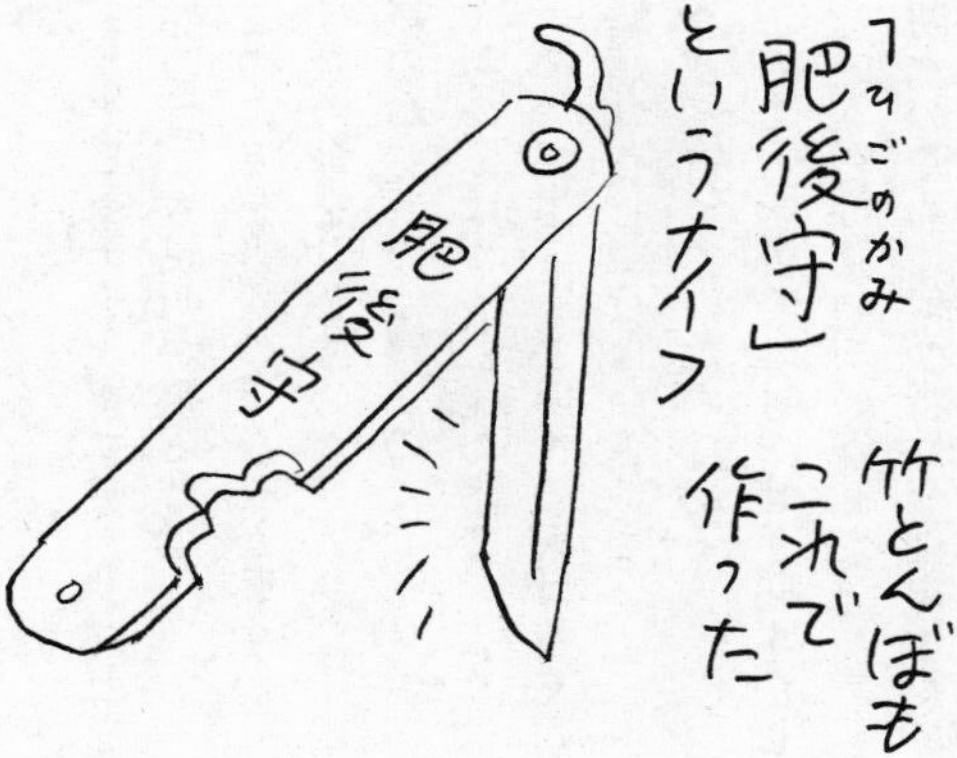
「肥後守《ひごのかみ》」というナイフ
竹とんぼもこれで作った
肥後守

昭和の時代の母親はパートに行かずいつも家に居て、いつ雨が降ってきてもいつでもお迎えに行けたのである。

そうして母親といっしょに学校から帰りながら、

♬あめあめふれふれかあさんが
　じゃのめでおむかえうれしいなー
　ピッチピッチチャップチャップランランラン

と歌ったものだった。

ピッチピッチチャップチャップとは何か。

これは当時の道路事情を物語っている。

さっきも書いたが当時の道路は舗装されておらず土だったのであちこちに穴ぼこがあいていた。

その穴ぼこに雨がたまって水溜《たま》りというものがあちこちに出来る。

道路の水溜り、この言葉も懐かしい。

この水溜りにわざと長靴で入っていくときの音がピッチピッチチャップチャップなのである。

ピッチピッチチャップチャップとなるとどうしてもランランランになったものだった。

「蛇の目」も説明が要《い》ると思う。

このことを書くのはなぜか恥ずかしいのだが、ぼくの子供のころは雨が降ると唐傘という紙の傘をさしていた。

紙の傘しかなかったのだ。

布製の傘はずっと後《あと》の話で、これは蝙蝠傘《こうもり》と呼ばれた。

エ？　蝙蝠？　といまの人は驚くが、当時の人は平気で、

「蝙蝠傘さして行きなさい」

などと言っていたのである。

このことを書くのもなぜか恥ずかしいのだが、当時さしていた唐傘はとても重い上に新しいうちは強い匂いがした。

防水のために何か特殊な油を塗っていたらしく、この油の匂いが強かった。

いまにして思うとこの匂いはまさに昭和の匂いである。

紙の傘を懐かしがったり、紙の傘に塗ってある油の匂いを懐かしがったりするのは、

当時はしょっちゅうすり鉢が使われていた
ゴマをする匂りが台所にたちこめた
ゴリゴリ
すりこぎ
すり鉢

やはり恥ずかしいことのような気がする。

いいですか、平成生まれの皆さん、わたしらあなた方より一代前の昭和生まれの人間は紙の傘をさして生活してたんですよ、布の傘を蝙蝠などという動物の名前を持ち出してきて使ってたんですよ、匂ったんですよ、傘が、油の匂いのする重い傘をさして生活してたんだから、こっちは、などと居直りたい気持ちが恥ずかしさにつながるのだろうか。

油が塗ってあって重くて臭い傘をさして水溜まりの道を歩いていたのがついこないだのような気がするなあ、と、軽すぎるビニールの傘をさして歩きながらいま思う。

わが海馬は「昭和の匂い」を更に脳の物置の奥から引き出してくる。

「ゴハンが饐《す》えた匂い」というものがあった。

昭和のゴハンはよく饐えたものだった。

「このゴハンすえてるよー」

と子供は母親に言い、

「やっぱりすえちゃったかい」

と母親は嘆き、「すえる」はごくふつうの日常語だった。

この原稿を書くにあたって、改めて辞書を引いて「すえる」の「す」が「饐」であることを知ったのだが、当時はそんなことも知らずにやたらに「すえる」「すえる」と使っていた。

当時は冷蔵庫がなく、ゴハンもおかずも卓袱台《ちゃぶだい》の上に蠅帳《はいちょう》というものをかぶせて放ったらかしにしたので夏などはゴハンがすぐに饐えたのだった。

【饐える】飲食物が腐ってすっぱくなる。

広辞苑はいまでも律義にこの語を説明してくれている。

蠅帳も広辞苑はちゃんと覚えてくれていて、

【蠅帳】蠅などが入るのをふせぎ、また通風をよくするため、紗や金網を張った戸棚。

とあるが、雨傘の傘のところだけ金網になっていてそれを食べ物にかぶせる折りたたみ式の蠅帳もあった。

【蠅】ハエ目短角亜目に属する昆虫の総称。

このように、昭和に属するものを語ろうとすると、今やいちいち辞書を引いて説明しなければならないことになった。

つくづく「昭和の人」は「昔の人」になったことを痛感する。

つくづく寂しい。

当時は蠅なんてごく日常、あたりまえのように身辺に飛び交っていて、日常生活の同僚という感覚で、昆虫であるという意識すらなかったのに、蠅は今や「辞書上の事物」となった。

「昭和の匂い」ではずすことのできないのが「アセチレンガスの匂い」である。

アセチレンガスは「昭和の夜店の匂い」。

昭和の時代のお祭りの夜店の照明はアセチレンランプというものに頼っていた。

カーバイドランプとも言うらしく、あー、もー、また説明がむずかしいのだが、要するにガスのタンクがあって、そこから細長い管が出ていてその先っぽに火をつけて、その炎が灯りになるというしろもの。

夜店の金魚すくいの屋台や鞍馬天狗のお面を売ってる店も、夜店という夜店はどこもこのアセチレンガスランプで商売をしていた。

だから夜店の通りを歩くと、アセチレンガスが吹き出すボーボーという音とガスの匂いの中を歩くことになる。

今でも、お祭りの夜店の中を通ると、アセチレンガスの音と匂いをどうしても思い出してしまう。

思い出して、

「昭和は遠くなりにけり」

と思う。

「昭和の匂い」はまだまだいっぱいある。

「鉛筆の匂い」も懐かしい。

鉛筆はナイフで削った。

「肥後守《ひごのかみ》」というナイフで削った。

折りたたみ式のナイフで、鉛筆の木の部分を削っていくと木材の匂いがし、芯のところになると工業の匂いがした。

芯のところを工業の匂いを嗅ぎながら、細く、細長く、鋭く、尖《と》がりに尖がらせ、最後に一太刀、シャキッと浴びせて先端の尖がり具合をよーく確認して終了。

筆箱の中は鉛筆の匂いでいっぱい。

「焙《ほう》じ茶の匂い」も昭和の匂い。

昭和の時代には町内に必ず一軒お茶屋があり、その前を歩くとグルグルゆっくり回る大きな焙煎機《ばいせんき》から焙じ茶の匂いが漂ってきて、嗅ぐともなく嗅ぎ、いい匂いだなあ、と思うともなく思い、立ち去るともなく立ち去ったものだった。

昭和は遠くなりにけり。

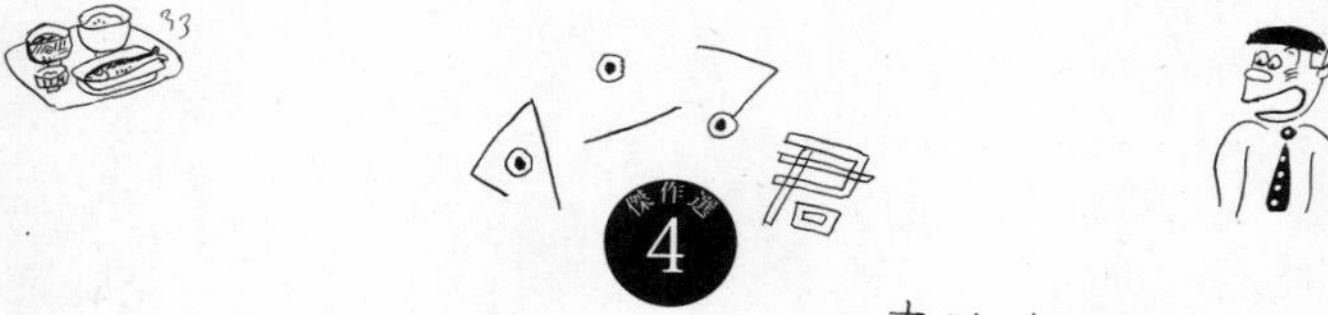

タンマ君 傑作選 4

東海林さだお

オッ
定食
令和定食
始めました
きたきた!
お重にしたのね
海苔→
令和
ずるくないか
この令和
なんとか令和にこぎつけました

ズルの時代

〝恥〟がなくなった

日本は「ズルの時代」に突入した。
日本はいまズルまっ盛り。
いまの日本人は「うまく立ち回る」ことばかり考えるようになっている。
かつて日本は「恥の文化の国」と言われていた。
行動の基準を恥に置いている国であると。
恥だけはかきたくない、みんなそういう思いで生きてきた。
恥をかくぐらいなら腹かっ切って死ぬ、という人さえいた。
そしていま、急に「恥ＯＫ」の時代になった。
昨今の社会状況の随所にそれは顕著である。
恥の一つや二つ、謝罪会見さえすればそれは急に無かったことになる、という風潮に

なってきた。

ズルは本来恥ずかしいことである。

だが最近の日本人はその〝本来〟を抜いてズルを解釈するようになってきている。

と同時に〝恥ずかしいこと〟もついでに取りはずして考えるようになってきた。

「ズルOK」の時代になってきたのだ。

「恥OK」「ズルOK」。

最近はやりの「忖度《そんたく》」、みんなはうっかり見逃しているがこれもズルの一種なのである。

ズルもズル、大ズル、巧妙なズル、遠大なズル。

つい先日の新聞の川柳欄に、

歴史家が「忖度時代」と名づけそう

というのが載っていた。

「世界恐慌時代」「戦後復興時代」「バブル時代」などと「忖度時代」は肩を並べることに

なっていたのだ。

忖度は一見ズルに見えないが、忖度を「おべっか」という言葉に置き換えてみるとその実態は明らかになる。

本来の忖度には上品な意味も含まれているのだが、昨今の解釈は忖度＝おべっかになってきている。

もうみんな忘れているだろうが、例の「森友学園疑惑」のとき、佐川財務省元理財局長の国会での数々の証言、あれはすべて安倍首相に対してのおべっかであった、と考えると、忖度＝おべっかの図式に納得がいくのではないか。

ズルはズルいのでズルく作られている。

ズルく構築されているので人はなかなかズルに気がつかない。

気がついてみたらあれはズルだった、ということはよくある。

五木寛之作詞で松坂慶子が歌ってヒットした「愛の水中花」という歌。

これも愛
あれも愛
たぶん愛
きっと愛

という歌なのだが、

これもズル
あれもズル
たぶんズル
きっとズル
という現象があっちでもこっちでも起きている。

自分としてはまるきりズルだと自覚していないのだが、よく考えてみたらあれはズルだった、というズルもあるから気をつけたい。

視力検査というものがあります。

おしゃもじみたいなもので片目を押さえてちょっと離れたところにある視力表のマークを一つずつ指摘して視力をはかる。

Cのマークが下へ行くほど小さくなっていってCの切れ目を右とか下とか言うのだが、Cがだんだん小さくなっていって、右だか左だか上だか下だか判然としないところにさしかかる。

何回も何回も確認しようとするのだがよくわからず、だが何となく左のような気がするので、ままよ、左でいってみるか、と思い「左」と言ってみるとこれが正解。

これに味をしめて更にその下のマークも当てずっぽうで「上」と言ってみるとこれまた正解。

「こういうことなら次の視力検査のときは表を丸暗記しておくと有利だな」とさえ思う。

本人は気がついてないと思うがこれははっきりズルである。

「ままよ」のあたりでズルになりつつあり、「味をしめて」のあたりでズルの形が整い、「こういうことなら」のところで完全な形のズルになる。

人はなぜズルをするかというと、ズルは得《とく》につながっているからである。

人はズルによって何らかの利益を得る。

だが、よく考えてみると、この視力検査の場合は、マークをごまかしても何の得にもならない。

かえって自分の正確な視力がわからなくなるという不利益さえある。

それなのにズルの誘惑に負けてしまうのはズルにはそれだけの〝誘惑力〟があるということになる。

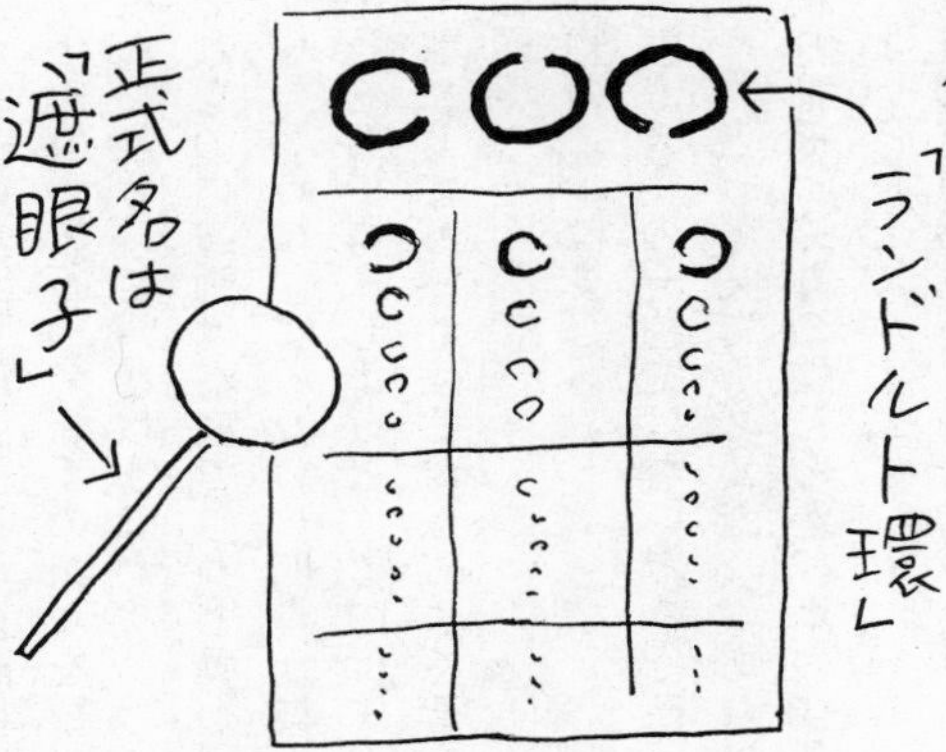

人間ばかりでなく動物もズルをする。

ズルは動物の本能である、という学説もある。

動物行動学の権威であるローレンツ博士などの学説であれば誰もが信用するところであるが、ぼくが唱《とな》える学説なのでみんなは信じないと思うが、ぼくなりに考えた具体的な事例をいくつか挙げてみたい。

鮟鱇《あんこう》という魚がいます。鍋にするととてもおいしい。

頭のところに釣り竿みたいなものを付け、釣り竿の先にはちゃんと餌までつけ、その餌をちゃんとヒラヒラまでさせ、餌の魚がそのヒラヒラにつられて寄ってくるところをパクリとやる。

これ、どう考えてもズルだと思いませんか。

他の魚たちがみんな同じことをしていると

いうなら話はわかる。

だが普通の魚たちは、みんな真面目に、海の中を泳ぎ回って獲物を探し、見つけ、ソーッと近寄って行って相手のスキを窺《うかが》ってパクリとやる。

みんな苦労しているわけです。

それなのに鮟鱇は海底でじっと動かず、怪し気な装置を使って相手を騙す。

騙すというのがよくない。明らかに不正である。

不正をして得をしようとするのはまさにズルそのものである。

それにしても感心するのは、よくぞあの複雑な釣り竿の装置を考えついたということ、魚の頭で。

動物のズルはまだある。

擬態もズルの一種ではないだろうか。

いや、どう考えてもズルだな、あれは。

枯れ葉そっくりの蝶だとか、木の枝そっくりのカマキリのたぐいとか、あれらは結局騙すということですよね。

昆虫に道徳を説いても意味がないとは思うが、いずれにしても騙すということはよくない。

擬死ということをする虫もいる。

人間が擬態を見破って捕まえようとするとわざと木の枝から落下し、枯草の中にまぎれ、更に体をちぢこませて動かず死んだふりをする。

そこまでやるか、と思うほどやる。

鳥もズルをやる。

このあいだテレビの動物番組で見たのはフクロウのズル。

フクロウはもともと枯れ葉色なのだが、アフリカオオコノハズクは敵襲を感じるといちはやく体を極端に細くする。

見ていて、よくまああんなに細くできるものだ、と思うくらい細くし、枯れ枝にまぎれさせ、どうにも逃げられないと感じた瞬間、こんどは体を極端に大きくふくらませて大きく見せて威嚇《いかく》に転じる。

このあたりの変り身の早さ、あざとさは見

ていて啞然とするばかり。

見ているこちらが赤面するばかり。

百獣の王ライオンでさえズルをする。

ライオンは腹がへると狩りをするわけだが、百獣の王にとっても毎回毎回の狩り（食事）は大変な苦労である。

とりあえず獲物を探す。見つける。相手は逃げる。ゴハンが逃げていく。追いかける。ようやく捕まえる。喉笛に嚙みついて息の根を止める。血みどろになる。

下手をすると必死の相手に逆襲されて殺されることだってありえる。

毎食毎食がこれ、この騒ぎ。

ライオンだってできることならラクをしてゴハンを食べたい。

そこでライオンは考える。

獲物が子供ならラクだな、ケガしてる獲物ならラクだな、そう思ってそういう相手を狙う。

ライオンは実際にそうしている、と動物学者は証言する。

これ、どう考えても卑怯《ひきよう》であり、不品行であり、怠けであり、ズルである。

まあ、それにしても、これがライオンだからよかった。もしこれが人間だったら、人間も毎食毎食ライオンと同じような食事の苦労をしなければならないとしたら、サラリ

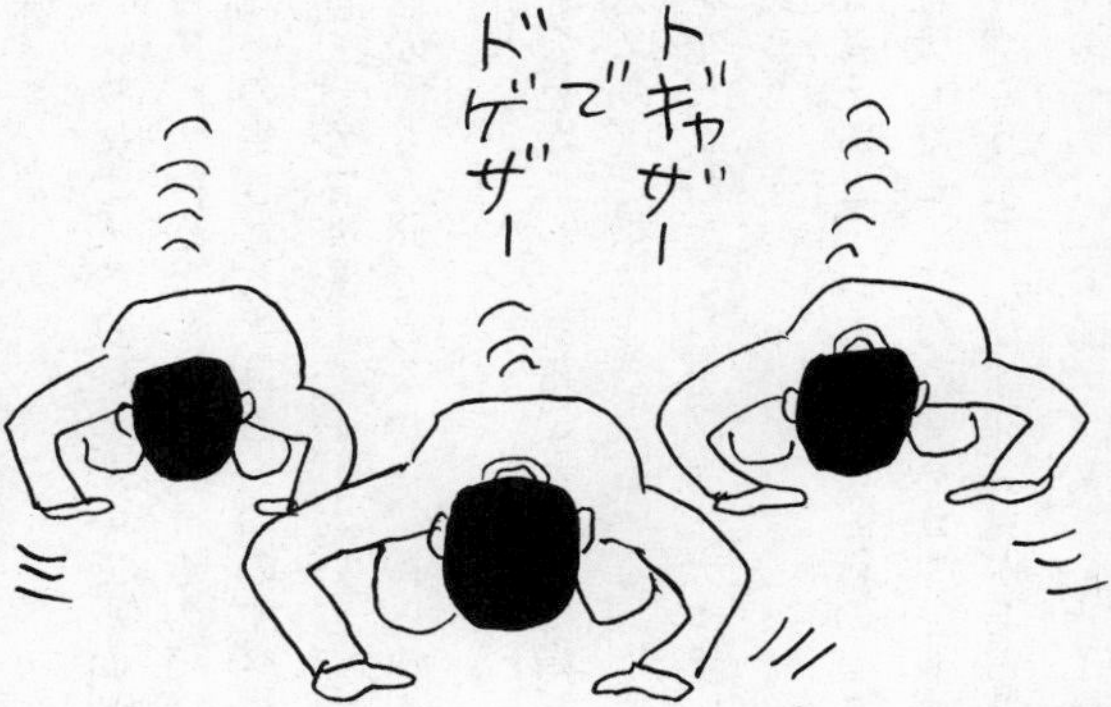

ーマンの昼食時間は12時から1時がふつうだが、とても1時間ではおさまりきらないと思う。

　ここでフト思う。

　動物界のこの弱肉強食のシステム、強いものが弱いものを食べて生きていくというこの仕組み、これって地上最大のズルなのではないか。

　自分よりも強いものを食べる場合もときにはある、ということなら納得できるところもないではないが、必ず、例外なく、いかなる場合でも、自分より弱いものしか狙わない、という生活信条は誰が考えても不道徳なことなのに、地球上ではそれが当然のこととして横行している。

　動物に限らず植物もズルをする。

　寄生植物である。

他の植物はみんな真面目に自力で生きているのに「他人の血を吸って生きよう」とする一族。

また植物にも人の良いのがいて吸わせたりするのがいるからこの関係は成り立っているわけで、人間がとやかく言うものではないのかもしれないが。

地球上の生きとし生けるもののすべてがズルをして生きている、この事実は重い。

人間だけがズルをしない、ということはありえないのだ。

知恵の働く人間であるから、あらゆる分野、あらゆる行為の中にズルをまぎれこませる。

謝罪会見がズルであることは先に指摘したが、キリスト教の教会における懺悔《ざんげ》、あれでさえズルだと指摘する人もいる（ぼくではありませんよ）。

罪を犯したわたくしを懺悔でチャラにしてくださいと神様にお願いするのが懺悔の実体であると。

そう考えると、日本でいま流行の「このたび世間をお騒がせした」くらいのことなど確かに大したことではないのかもしれないが、それにしてもこうたびたび「お騒がせ」があり、こうたびたび謝罪会見があるとこれでいいのだろうかと思わざるをえない。

みんな慣れっこになっていていとも簡単に軽々と頭を下げる。

四人とか五人とかが一列に立ち並び、そのうちの一人が、

「このたびは世間をお騒がせしてウンヌン」

と言い終ると、お互いに目くばせして、セーノで一斉に頭を三秒ほど下げ、また目くばせして、こんなもんでいいんじゃないの、と頷《うなず》き合い、一斉に頭を上げる。

そのあと急にそそくさした感じになり、

「エート、次の予定は」

と腕時計を見たりするのもいる。

そしてここがポイントなのだが、記者会見の記者一同にも、

「そそくさOK」

の気運が最近出てきている。

行事化とでもいうのか儀式化というのか祭事化というのか、そういう傾向になりつつある。

いくらなんでもまずいでしょ、この傾向は。

ズルは恥ずかしいことであったのに、ズルは恥ずかしくないことになった。

こういうことではまずいと思ったのか、最近は土下座をする人も出てきた。

世間の土下座への評価は高い。誠実さを感じる。

そうなってくるとみんなが土下座をするようになり、謝罪会見は土下座が定番になっていく。

そうなってくると土下座もだんだん雑になっていって、セーノで一斉に土下座をし、土下座をしながら横目で目くばせして一斉に立ち上がる、ということになっていく。

謝罪会見に対する大衆側の本来の目的は「恥をかかせる」ということにあった。

謝罪会見で恥をかいてもらいたい。

それなのに向こうは恥を恥と思わなくなっているのだから始末がわるい。

ではこれから先どうすればいいのか。

頼まれたわけではないがぼくはぼくなりの対案を考えてみた。

そこで浮かびあがったのが次に掲げる案。

これまでは大勢の記者やテレビカメラの前で頭を下げるというのが基本だった。

それに代わって、大勢の記者やテレビカメラの前で頭ではなくズボンを下げるというのはどうか。

大勢の記者やテレビカメラの前で、まずズボンのベルトをはずす。

ファスナーを降ろす。

ズボンをヒザのところまで一挙に降ろす（パンツもいっしょ）。

降ろすと同時にパッと後ろを向く。

そしてお尻を手でペンペンする。

自分で自分を叱るいわゆる「お尻ペンペン」である。

ペンペンは普通二回だが、三回四回、五回六回の人もいる。
回数が多いほど謝罪の意識が強い人、という評価になる。
世間をお騒がせした人に大恥をかかせるには、いまやこの方法しかない。

歌詞引用「愛の水中花」
（作詞　五木寛之、作曲　小松原まさし）

傑作選
5
東海林さだお
新入社員 ←
忖度はサラリーマン社会では大切なことだと思います
ぼくはこれからのサラリーマン生活を忖度に徹してやっていこうと思っています
これだからぼくらはやりづらいんだよねー
いや!

これはこれでサラリーマンのひとつの生き方だと思う
では早速課長がいま頭の中で思っていることを付度してみます
こいつらこんなふうにバカだからいつまでたってもうだつが上がらないんだよなー
そのとーり!
いやー今年はやっと大物が入ったなー

対談　東海林さだお×長谷川和夫（聖マリアンナ医科大学名誉教授）

認知症は神様からの贈り物

東海林　僕は今年（二〇一九年）の十月に八十二歳になります。最近、物忘れがだんだん激しくなってきていて、いつか認知症になるのではないかと不安なんですよ。今はまだ大丈夫だと思っているのですが……。

長谷川　それ、僕と全く同じ症状です。

東海林　ああ、同じですか。僕、危ないですかね。

長谷川　僕だって危ないですよ。もう八十一ですから。

東海林　先生はたしか、九十歳でいらっしゃいますよ。

長谷川　九十！　そんななった？　あらー。

東海林　ご自分の年齢は……。

長谷川　すぐ忘れます（笑）。

改訂 長谷川式簡易知能評価スケール(HDS-R)

No.	質問内容		配点	記入
1.	お歳はいくつですか？(2年までの誤差は正解)		0　1	
2.	今日は何年の何月何日ですか？ 何曜日ですか？ (年月日、曜日が正解でそれぞれ1点ずつ)	年	0　1	
		月	0　1	
		日	0　1	
		曜日	0　1	
3.	私達が今いるところはどこですか？ 自発的に出れば2点、5秒おいて、家ですか？ 病院ですか？ 施設ですか？ の中から正しい選択をすれば1点		0　1　2	
4.	これから言う3つの言葉を言ってみてください。あとでまた聞きますのでよく覚えておいてください。 (以下の系列のいずれか1つで、採用した系列に○印をつけておく。) 1：a) 桜 b) 猫 c) 電車　2：a) 梅 b) 犬 c) 自動車		0　1 0　1 0　1	
5.	100から7を順番に引いてください。 (100-7は？それからまた7を引くと？と質問する。 最初の答えが不正解の場合、打ち切る。)	(93)	0　1	
		(86)	0　1	
6.	私がこれから言う数字を逆から言ってください。 (6−8−2、3−5−2−9) (3桁逆唱に失敗したら打ち切る。)	2−8−6	0　1	
		9−2−5−3	0　1	
7.	先ほど覚えてもらった言葉をもう一度言ってみてください。 (自発的に回答があれば各 2 点、もし回答がない場合、以下のヒントを与え正解であれば1点) a) 植物 b) 動物 c) 乗り物		a: 0 1 2 b: 0 1 2 c: 0 1 2	
8.	これから5つの品物を見せます。それを隠しますので何があったか言ってください。 (時計、鍵、タバコ、ペン、硬貨など必ず相互に無関係なもの。)		0　1　2 3　4　5	
9.	知っている野菜の名前をできるだけ多く言ってください。 答えた野菜の名前を右欄に記入する。 途中で詰まり、約10秒待ってもでない場合にはそこで打ち切る。 5個までは0点、6個＝1点、7個＝2点 8個＝3点、9個＝4点、10個＝5点		0　1　2 3　4　5	

満点：30点

カットオフポイント：20／21(20以下は認知症の疑いあり)

合計得点	

東海林　物忘れともうひとつ、度忘れ、というのもありますね。度忘れは若い人にも結構あって、すぐには出てこないけど、後から思い出す。物忘れは、これとどう違うのですか。

長谷川　認知症の物忘れは、自分がやったことの「確かさ」がはっきりしないのが特徴です。例えば、家の鍵をかけたかどうか、家を出てしばらくすると、「あれ、大丈夫かな」と不安になり、戻って確認する。そして少し歩くと、また不安になって戻る。これを何度も繰り返すんです。

東海林　何回くらいまでなら正常ですか？

長谷川　三回目までは大目にみますね。四回五回になったら、これは問題だ。

東海林　僕、三回くらいはしょっちゅうやりますね。特にガスの火を消したかどうかは何度も確かめます。でも、あるおまじないをすると、確認が二回くらいで済むようになったんですよ。ガスを消したら、そこに手をかざして熱くないことを確かめておくんです。

長谷川　なるほど。他の感覚を使うわけですね。そうすれば記憶に残りやすい。

東海林　あとは、ガスを消したら台の傍にみかんとか卵とかを置く。そうすると、置いたことが印象に残って、「みかんを置いたから、ガスは消したんだ」となるんです。置くものはなんでもいいんですが。

長谷川　素晴らしいじゃない。そこまで考えたことはありませんでした。僕もやってみよう。

東海林　先生が最初に「自分は認知症の初期なのではないか」と自覚されたきっかけは何だったんですか。

長谷川　やっぱり忘れっぽくなったというのがありますね。最初は歳のせいだから仕方がないと思っていました。でもだんだんと、先ほど申し上げたように、記憶の「確かさ」がはっきりしなくなってきたのです。自分の行動を何度も確認するので、なかなか事が進まなくなってしまった。そうなってきて「これは本物だぞ」と思いました。

東海林　認知症になったことを、なぜ世間に公表しようと思われたのですか。

長谷川　誰でも歳を取れば認知症になる可能

性がある、認知症は特別なことではないということを伝えたかった。専門家の僕でもなっちゃうんですから。どんなお金持ちでも、頭の良い人でも、人間であれば誰しもなるんです。宿命みたいなものですね。

東海林　誰でも、ですか。

長谷川　はい。例えば、皮膚などの細胞はある期間で死んで、また再生されますよね。怪我しても治るのはそのためです。でも脳の神経細胞は、死なないんです。その人が死ぬまでずっと同じのを使っているので、誰だって衰えるのは仕方がない。

東海林　どうして脳の神経細胞は死なないんですか？

長谷川　もしも神経細胞が死んだり再生されたりしたら、その度《たび》に人格が変わってしまうことになる。過去と現在も繋《つな》がらなくなるわけで、困ります。

東海林　どんなに古くなっても最初にできた細胞を一生使っていくんですね。だからそれが古くなれば、認知症になる。例外はないんですね。

長谷川　ないです。

一番の予防法は

東海林　先生は、認知症の診断に使われるテスト「長谷川式認知症スケール」を開発されました（※一九七四年に開発。当時の名称は「長谷川式簡易知能評価スケール」。九一年

なって
みたら！
王侯貴族
医者で患者の当人の弁

に改訂。九つの質問項目から成り、その結果を数値化して診断する。93ページ掲載）。これはどういう経緯で開発されたんですか？

長谷川　作った当時は、認知症がまだ「痴呆」と呼ばれ、精神科で診断する領域でした。診断基準もあやふやだったんです。あるとき、僕の恩師である新福（尚武）先生に、「認知症の見立ては昨日と今日で変わってはいけない。認知症と判断できるような物差しを作りなさい」と言われたのがきっかけで作りました。

東海林　そもそも「認知症」という名称も先生が作られたんですよね。

長谷川　「痴呆」という用語は偏見を生みやすいので変えようということになったんです。病気の本質は「認知機能が障害を受けること」なんですが、「認知障害」とすると、きつく聞こえてしまう。そこで新井（平伊）先生はじめ色々な方の協力を得て、二〇〇四年に「認知症」に変わりました。一文字減れば書類の印刷費も浮きます。当時はコスト削減も必要だったのです。

東海林　インクが少なくて済みますもんね。「長谷川式認知症スケール」の九つの質問、やってみたんですが、結構難しかったです。特に百から七を引き算していくのとか、苦労します。

長谷川　百から七を引くと九十三というのは誰でもできるんだけど、「それから、また七を引くと？」と聞かれると、一気に難しくなる。

東海林　七というのはどこから出てきたんですか？　八だと偶数だから、少し易しくなるのかな。

長谷川　七は縁起がいいよね。七福神というのが。

東海林　ははは、縁起だったんですか。開発されたのは四十五年前ですが、当時からすでに認知症の方はたくさんいたんですか？

長谷川　その頃はまだ平均寿命が短かったので、そんなにいなかったですね。

東海林　昔は神経細胞が錆《さ》びる前に多くの人が死んじゃっていたのか。今、認知症の方が増えているように感じるのは、寿命が延びたからで、仕方のないことなんですね。とはいえ、やっぱり自分がなるのは怖いです。認知症の進行を遅らせたり、予防することはできるんですか。

長谷川　第一に、血圧をコントロールしておくのはとても大切です。高血圧は脳梗塞や脳出血を起こします。自覚していなくても、小さな脳梗塞はボンボン起きている可能性があるんですよ。そうすれば物忘れなどの認知症の症状はひどくなります。

東海林　体の面から予防するんですね。他にはありますか。

長谷川　人との交流です。これは本当に大切です。人と話をするというのは、ものすごく高度な能力を使います。相手の言うことをまず理解し、それに返事をする。これを繰り返すことは、とても良い訓練になりますよ。それに人間の心には〝温度〟がありますね。例えば僕は今こうしてあなたとお話ししているから、温かい気持ちになっているけれど、お別れしたあとはきっと冷えた心になってしまう。人と会うと、心の温度を感じることができるんですね。これは人間ならではの素晴らしいことだ。

東海林　そうですね。訓練になること、もっと知りたいです。

長谷川　読むことも良いですね。小説でもなんでもいいから、何かを読むことです。漫画もとても良い。漫画家さんというのは本当にすごいと思います。私たちを喜ばせて温かい気持ちにさせてくれる。

派手な服を着たい

東海林　僕は最近、認知症予防のために始めたことがありまして。高校時代に使っていた「赤尾の豆単」（『英語基本単語集』赤尾好夫編）をもう一度覚え直しているんですよ。僕らは受験のときに色々なものをとにかく暗記しましたよね。でもそれ以降は暗記をする機会があまりありません。覚える、というのは同時に、忘れないための訓練、ボケ防止にもなるのではないかと思うんです。「豆単」には重要単語が二千語くらいあるので、とりあえず一千語を目指しています。

長谷川　ああ、いいじゃないですか。大したもんだね。

東海林　漢文を覚え直すのもいいかもしれないと思って漢詩の暗記もやってます。昔、有名なものは覚えました。何だっけな、あれ、もう思い出せない（笑）。

長谷川　「朋《とも》有り遠方より来たる、亦《ま》た楽しからずや」とかね。

東海林　そうそう！　よく覚えていらっしゃる。二十個くらい覚えたら効果がありそうです。老人向けの暗記テキストとか、これから開発されてもいいと思うんです。売れるんじゃないかな（笑）。

長谷川　そういうものは、老人というよりも、五十代の初めくらいからやったほうがいいですね。だけど、忘れるということも大切ですよ。脳のキャパシティには限界がある。

忘れなければパンクしてしまいます。

東海林　でもあんまり漏出の方が激しいと、どんどんボケてしまう気がするんです。僕は努力して、少しでも進行を遅らせたい。

長谷川　やっぱり人に会うことだね。

東海林　そうですね。それからもうひとつ、まだ若い気持ちでいよう、と意識するのはどうでしょう。「自分は爺さんじゃないんだ」と思うことも大切だと思うんです。歳取ってきたから派手な格好はできない、とかいう意識は良くないと思っていて、僕はなるべく若い服装をして若作りするように心がけています。

長谷川　僕は、今日はこういう格好をしているけれども（ブルーのシャツ）、最初はもっと派手な、赤い色の服を着てこようとしていたんですよ。そうしたら家内が「あなた、そんなの着ていかない方がいいわよ。九十にもなって目立ちすぎじゃないの」と。

東海林　ははは。赤いのを着たいという気持ちはあるんですか。

長谷川　うん、派手なのは好きだね。

東海林　それを抑制するのは常識ですよね。破っちゃえばいいじゃないですか。

長谷川　うちのかみさんに逆らうわけにはいかないよ。

東海林　そうですか（笑）。でも着てみたいという気持ちは大事ですよね。認知症の方への対応の仕方、というのも知りたいです。周囲の人々はどのように接したら良いのでしょう。

長谷川　温かい心で接することが何よりも大切です。目線の高さを同じにして、遠いところからではなく、一メートル以内くらいの距離でお話しする。そして周囲の人も、認知症の本人も、よく笑うことがとても大事です。笑うと血液の流れも活発になります。

東海林　先生も普段よく笑いますか？

長谷川　お茶をこぼしたりすると「ああ、しまった、ハッハッハッ」。こういう感じです。僕の患者さんに、とにかく四六時中笑って生活しているという人がいましてね。どんなものかとご自宅に伺ったら、本当にずっと笑っていたんです。「長谷川先生がきた、アッハッハ」「コーヒー淹《い》れましょうか、アッハッハ」「こちらに座ってください、アッハッハ」という具合に。これはとてもいいことだと思いました。

東海林　歳をとると笑わなくなる人が多いですよね。小言ばかり多くなって。

長谷川　人との付き合いも減っていきますからね。笑いのためには、落語なんかを聞くのもいいかもしれません。

東海林　お年寄りには、笑うよりも怒る人が多い気がします。理不尽なことを言う方も多い。認知症の方で、財布を盗まれたと妄想して周囲に当たってしまうという例はよく聞きます。明らかに事実でないことを言っている場合、周囲の人はどうすればいいのでしょう。

長谷川　本人の言い分を否定せず、まずは受け止めてあげることが大切です。財布が見つかっても、本人は「自分はこんなところに置いていない。お前が隠したんだ」などと言うかもしれない。でもこれは仕方のないことなんです。本人からは、財布をしまったという記憶が全く抜け落ちていますから。こういう時は反論せず、「私がしまう場所を間違ってしまったのかもね」と、軽く受け流す。抵抗したり、議論しないほうがいいです。

東海林　一種の技術ですね。それから、認知症になって正常な判断ができなくなり、万引きなどの犯罪を犯してしまう例も聞いたことがあります。反社会的な人間になってしまう恐れもあるわけですよね。

長谷川　認知症になると誰でも、というわけではありません。しかしピック病という認知症の場合、問題行動を起こして交番に連れていかれる例も珍しくありません。

東海林　誰でもなるわけではないけれど、自分がそうなる可能性もあるということですよね。

長谷川　なったときはしょうがないね。

王侯貴族のような生活

東海林　しょうがないというしかないんですね。人生百年時代と言われていますし、これから認知症の人はどんどん増えていきます。どう対応していけば良いのでしょうか。

長谷川　市民ひとりひとり、ちょっとした支え合いができれば、認知症になっても安心してくらせる社会になると思います。そうそう、これは僕の主観なのですが、関西の人たちはボケることに対しておおらかな方が多い気がします。「ああ、それは仕方がないんじゃないですか」とこういう感じ。

東海林　世の中全体がそんな雰囲気になるといいですよね。地域ケアというのも大切なのではないでしょうか。

長谷川　その通り。一昔前に比べるとどこも根付いてきていると思います。僕がこれから日本にやってほしいと思うのは、日本から海外に認知症に対する取り組みを輸出すること。例えばフィリピンとか、インドネシアとかに日本の専門家を派遣して、日本のやり方を世界に広めていってほしい。

東海林　長寿大国の日本は、これから海外のお手本になるわけですね。地域ケアが大切とのことですが、先生はご近所の方とよくお話しされるんですか。

長谷川　意識的にしています。近所に床屋さんがありましてね。もう四十年以上通っています。三週間に一回は行っています。

東海林　そんなに頻繁に行っているんですか。

長谷川　少し前までは三日に一回行ってましたよ。ちょっと足を悪くしたりして、減ってしまいましたが。床屋さんが僕の家まで迎えに来てくれて、車いすに乗せて店まで連れて行ってくれます。終わったらまた家まで帰してくれるんです。

東海林　まさに地域ケアですね。それにしても三週間に一回は多くないですか。

長谷川　うーん、もしあなたが言うように頻繁すぎるのなら、四週間に一回にしてもいいかもしれない。

東海林　いやいや、いいですよ（笑）。

長谷川　近所の喫茶店にコーヒーを飲みに行くのも日課です。あとは週に一回、デイサービスにも行っています。ありがたいことに、お風呂に入れてくれる。頭から体をごしごし洗ってくれるんですよ。僕の家にあるのと同じタイプの湯船が用意されていて、そこにも入れてくれる。風呂場を出る前には肩からお湯をかけてくれます。最高だね。王侯貴族の気分ですよ。

東海林　まさに王侯貴族（笑）。食べ物なんかはどんなものがお好きなんですか。

長谷川　芋ですね。サツマイモ、サトイモ、カボチャ。それから納豆や豆腐も好きです。あとはどんぶりものが好きです。気分が集中できるんですよ。

東海林　確かに食べる場所が一か所しかないですもんね。

長谷川　そう。僕は何事も集中してとことんまでやるという性格なんです。

東海林　お酒は飲まれますか。

長谷川　毎晩、夕食のときにワインをちょっとだけ飲むんです。最高ですよ。
東海林　それはいい毎日ですね。
長谷川　どうですか、認知症も悪くないでしょう。
東海林　うーん……。僕は感性が鈍るのが怖いんです。仕事が何よりも大好きなので、それができなくなることが一番不満ですし、人生がつまらない。
長谷川　僕は今でも絵画を見るのは大好きですし、音楽を聴くのも好きです。人間の脳は右脳と左脳に分かれていて、働きが違います。左脳は理屈の脳、右脳は感性の脳と言われ、人間はそのバランスをとりながら生活しています。認知症になると左脳機能が低下しますから、相対的に右脳が優位な状態になる。ですから、芸術の力を使って右脳に働きかけることはとても良いことですよ。心がとても落ち着きます。それに、あなたとこうやってお話しできることは、僕にとって最高だ。認知症にならなかったら、お目にかかれなかったかもしれない。
東海林　お役に立って光栄です（笑）。
長谷川　認知症になるということは、神様からの「大丈夫だよ、死ぬのはなんともないよ。だから安心して生きなさい。怖がることはありません」というメッセージなんです。恐れる必要はありません。
東海林　たしかに理性が働いたまま死んでいくというのはつらいですね。

長谷川　そうでしょう。とにかくね、生きているうちが華《はな》なんだ。

東海林　ということは認知症も華ですね。認知症もなかなか悪いことばかりではない。

長谷川　なにせ王侯貴族だからね。

東海林　むしろ待ち望むべき症状という気がしてきました。先生とお話しすると、不安が和《やわ》らぎます。今日はありがとうございました。

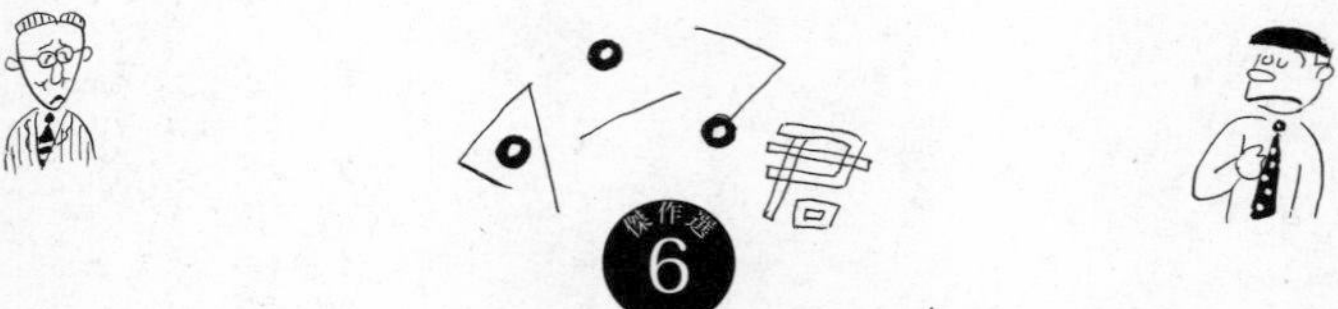
タンマ君
傑作選
6

東海林さだお

カタ
カタ
カタ
カタ
カタ
カタ
カタ
カタ
カタ
きょうの健康
のこぎりヤシ
酢大豆で
ヘエー！
そうなんだ
「貧乏ゆすりは腰痛に効く」

7
8
9
10
11
?
その運動は何に効くんですか
12
ナニナニ?
「肛門の開け閉めは尿漏れに効く」
13

老人朝風呂日記

幼児の気持ちで……

遊びをせんとや生まれけむ
戯れせんとや生まれけん
遊ぶ子供の声聞けば
我が身さえこそ動《ゆる》がるれ

梁塵秘抄《りょうじんひしょう》の中の有名な一節である。ほんとのところどうなんだろ。

われわれは遊びたいがために生まれてきたのだろうか。

「毎日遊んで暮らせたら……」

誰もがそう思う。

そうはいかないので仕方なく働く。

……のだろうか。

一方、まるきり働かない一連の人たちもいる。

毎日毎日、朝から晩まで遊んでいる。

それでちゃんと暮らしが成り立っている人々。

それでいて誰からも非難されない人々。

保育園児である。

小学生ともなれば勉強もしなければならなくなるが保育園児は勉強もしない（一部勉強を強いる保育園もあるが）。

もう一度書くが一日中働かないですむ人々、遊んでいられる人々、それが保育園児である。

彼らを人々と呼ぶには抵抗がある、という人々もいるだろうが、彼らといえども小型ではあるが人間である。まぎれもなく人間である。

人々と呼んで何のさしさわりがあると言うのか。
彼らはいままさに、人生の中の「遊びをせんとや」の時代を生きている。
「戯れせんとや」のまっ盛りの中にいる。
全力で遊び、必死に走り、声を限りに叫ぶ生活を送っている。
ぼくはいま、彼らのそうした喚声、歓声を聞く毎日を送っている。
朝から聞く毎日を送っている。
状況を説明するとこうなる。
ぼくは毎日、朝起きるとまず朝風呂に入る。
いつのまにかそういう生活になった。
一週間のほとんどを仕事場で過しているので風呂は仕事場の風呂場ということになる。
仕事場はマンションの11階。
その仕事場の風呂場の窓から下を見るとそこに保育園がある。
保育園には運動場があってその広さはテニスコート大。
その運動場で子供たちが駆けまわっている。
朝から喚声をあげて駆けまわっている。
運動場にはブランコがあって砂場があって鉄棒があって古タイヤが5個転がっている。
いまの時代、保育園の様子を外からじっと見ていたりするとアブナイ人と思われがち

だが上空から見るぶんには大丈夫だ。
じっくり心ゆくまで眺めることができる。
見ているとわかるが、子供というものは何をするにも全力である。
全力で逃げる子を全力で追いかける。
逃げる子も追いかける子も必死の形相。
鉄棒に片足をかけて必死に起きあがろうともがいている子。
運動場の片隅で両手を顔にあててあらん限りの声で泣き叫んでいる子。
ブランコを限度ぎりぎり一杯まで漕いで恐怖に顔をひきつらせている子。
声をふるわせながら、何事か先生に必死に訴えている子。
ここにいるのは今を精一杯、根限り、必死に生きようとしている人々ばかりだ。
そうだったのか、このような生き方をして

いる人々もまた現存していたのだ。

そのことに改めて感動する。

遊ぶ子供の声を聞くと、我が身さえこそ動《ゆる》がれてならない。

子供たちが発する歓喜の声、切羽つまった絶叫を聞くと我が身が震える。

遊ぶ子供の声にはそういう力がある。

惰性で働いている人の胸に突き刺さるものがある。

そうだ、働いてばかりいていいんだろうか、の思いで不安になる。

こんなふうにのんびり湯舟にひたっている場合じゃないんだ。

こうしてはいられない、と思わせる子供たちの喚声……やはり人は、遊びをせんと生まれてきたのだろうか。

チャプン。

浴槽に体を沈め、タオルを首のあたりにつかいながら思う。

彼らは何事にも全力であたる。

前後のことなどいちいち考えない。

中途半端がない世界。

嘘、偽りのない世界。

忖度がない世界。

下心がない世界。
純粋そのものの世界。
もし、そういう世界が実現したらどんなに素晴しいことだろう。
お伽噺《とぎばなし》の世界ではないのだ。
いま現実に、このマンションの下のほうでそういう世界が実現しているではないか。
実現させている人々が、あのようにたくさんいるではないか。
いま下で遊んでいる保育園児諸君。
願わくば、いまのその純真さを失わずに大人になっておくれ。
その熱情を失うんじゃないぞ。
ひたむきを忘れるな。
純真こそ人間の真の姿である。
チャプン。
まてよ。

彼らがあの純粋さを失わずに成長していくとどういうことになるか。

たとえばついさっき、鉄棒に片足をかけて必死にもがいていた子があのまま大きくなって大人になる。

大人になって会社に就職する。

何事にも全力、必死、純粋に取り組む。

一切の嘘、偽りがない。

周りの空気など読めるはずもない。

忖度もない。

感情そのままで突っ走る。

そうなるとどうなるか。

そうなるとそうじゃない人々、普通の人々との軋轢《あつれき》が生まれる。

そうなるとどうなるか。

上役がそれとなく注意する。

すると毎日、熱情をもってあらん限りの力で働いている彼は当然のことながら反撥《はんぱつ》する。

烈火のごとく怒る。

死にもの狂いで反抗し、全力で廊下に走って行ってあらん限りの声で泣き叫ぶ。

つまらなければつまらなそうにやってもよいのだ
無理に楽しそうにやる必要はないのだ

まずいな、それは。

いま下で遊んでいる保育園児諸君。

いまはそれでいい。

そのようにしていなさい。

だけど少しずつでいいから世の中というものを学んでいくこともこれまた大切なんじゃないかな。

そのように育っていっておくれ。

しかし、まあ、世の中の人々はすでに働いていることの時間にのーのーと風呂につかってエラソーなことを言ってしまった。

反省しつつ風呂場を出る。

パンツ一丁でテレビの前のソファにどっかと座る。

仕事場では常に一人なので誰かに気をつかう必要がない。

ときあたかも、テレビでは「おかあさんと

いっしょ」の時間帯である。

「おかあさんといっしょ」は2歳から4歳児を対象としたNHKの教育エンターテイメント番組である。

偶然といえば偶然、いま下で遊びに熱中している子供たちと同年齢向けの番組である。

いましも「朝起きたばかりの幼児がこれから衣服を身につける」という躾《しつけ》のところをやっている。

幼児の目の前に、下着とシャツとセーターとズボンが折りたたんで置いてある。

さあ、この子はうまくそれらを身につけることができるでしょうか。

子供がシャツのボタンを上から順に止め始めるが難航している。

そうなんだよね、子供にとってはボタンを一つ一つボタン穴に嵌《は》めるのが大変なことなんだよね。あ、それ、まちがってるよ、上から2番目のボタンをいきなり1番目の穴に嵌めちゃってる。それを続けていくと最後に全部やり直さなくちゃならなくなるぞ。

あーあ、続けている。

見ていて気が気じゃない。

ホーラみなさい、そーれごらんなさい、いま嵌めたボタン、ぜーんぶ最初から嵌め直さなくちゃならなくなったじゃないか。

いつのまにか自分が幼児の気持ちになっている。

お手々をブラブラブラで
本心で楽しんでいる人はアブナイ!

セーターの段階になる。タートルネックなので頭から被って首のところでひっかかる。

ひっかかってもがいている。

そうなんだよね、タートルネックはそこでひっかかるんだよね、ひっかかると顔全体がセーターで覆われて急にまわりが見えなくなるのであせるんだよね、あせってそのようにもがくんだよね……。

いつのまにか前のめりになって見ている。

幼児ようやく窮状を脱す。

よかった、と前のめりを正す。

わたくし、ただいま82歳。

82歳のおじいさんがいつのまにか幼児と同じ心境になっている。

やはり風呂場から保育園を見ていたせいなのだろうか。

心が純真になっていたのだろうか。

番組はいつのまにか「お手々をブラブラブラ」のところになっている。

「お手々をブラブラブラ」というのは番組をいつも見ている人なら知っているが、要するに両手を前に揃えて突き出して手先をブラブラさせるというものである。

先生が、

「お手々をブラブラブラ」

と言いながらお手々をブラブラさせてみせるとみんなもいっせいにお手々をブラブラさせる。ふと気がつくと、わたくしもいつのまにかみんなといっしょにお手々をブラブラさせているのだった。

しかも楽しいのである。

みんな(2歳~4歳)を見ていると、懸命にブラブラをやっている子もいればいいかげんにやっている子もいる。

全然やらない子もいるし、一生懸命やっている子を呆然と見ている子もいるし、ただひたすらお母さんのいる方角を気にしている子もいる。

そうなんだよなー、これでいいんだよなー、これが本来の人間の姿なんだよなー、と感動する。

みんながやるから自分もやる、やりたくないけどやる、というのはよくないんだよなー。

童心。

そうだ童心、童心は貴重だ、童心は大切だ、ときどきは童心に返ろう、童心にひたろう、急にそう思った。

人生を全部童心でやっていこうとすると大変だが、ときどきならいいのではないか。

こういう光景を街で見かけたことはありませんか。

保育園児の一行が街を散歩している。

一行の総勢は12人。

そのうちの3名は保育士さん。

残り9名のうち5人の園児が徒歩。

そして残りの4名が、あれは何ていうのだろう、全体が箱で、その箱に車がついていてその箱の中に園児が乗っている箱車。

箱の中の園児4名はそれぞれの方角を向いて箱のフチに両手でつかまって立っている。

立って街を眺めている。

一種の観覧車なのである。

もちろん手動で保育士さんが手で押している。

ぼくは街であの一行を見かけるたびに、

「あれに乗りたいな」

と思う。

「あ、いいな」

と思う。

箱の中で立って外を見ている園児の姿に憧れる。

箱の中で立つと、園児のアゴのあたりが箱のフチになるので、フチに両手でつかまってややアゴを上げて外を見ることになる。

あの観覧スタイル、箱車のあの速度、箱のフチにアゴをのせる安定感、ああいう乗り物は商業施設では絶対にお目にかかれない乗り物である。

一度でいいからあれに乗ってアゴをフチにのせて街を見てみたい。

街であの一行を見るたびに思うことがある。

箱の中の園児はどうやって決めているのかということ。

交代制をとっているのかどうか。それともクジ引きで決めているのか。

余計なことではあるが、あの一行を見るたびに気になる。

最近、歳のせいか、ふと気がつくとこんなふうに童心に返っていることが多い。

歳を重ねるたびにこういうことが多くなっているような気がする。

童心に返る、ということは一種の退行でもある。

退行は退化でもある。

退化は退嬰《たいえい》でもある。

ついに嬰という字が出てきた。

嬰は嬰児の嬰である。

嬰児とは〔生時から3歳位までの子供〕と広辞苑にある。

ここで急に不安になる。

自分は今あぶなくなっているのではないか。

認知という言葉が急に浮上してきた。

そっちのほうと童心は関係があるのではないか。

そういえば……思いあたることばかり。

今回書きつづった事例は全部そっちのほうとつながっているような気がする。

そういえば……。

老人ホームの風景をテレビの番組でときどき見る。

ショートステイの風景が映し出される。

介護士の先導でゲームみたいなものをやっている。

そのゲームみたいなもののなかに、そういえば、お手々をブラブラブラみたいなことをやっている場面があったっけ。

傑作選 7
東海林さだお
トボトボトボ
35歳
どうしたんですか先輩？
きのう健康診断に行ったら
高血圧だって
そのトシで？

若年性高血圧っていうんだって
と
と?
高血糖
若年性高血糖
いーなーキミらは
若いからそういう症状がなくて
あるんですよぼくらにも
な!
うん
若年性貧乏!
若年性ぶさいく
ヨカッター!

オリンピックけしからんおじさん

数字は絶対か

東京オリンピックが近づいている。

もうすぐだ。

来年だ。

また大騒ぎになる。

世の中がオリンピック一色になる。

挨拶もオリンピックで挨拶することになる。

挨拶というものは、普段はお天気でする。

「よいお天気ですね」

「ほんとによいお天気ですね」

オリンピックの期間中はお天気が個人名に変わる。

けしからん!
懐かしのオリンピックおじさん
「けしからん」のほう

「やりましたね、サニブラウン!」

「やりました。サニブラウン」

サニブラウンがやらなかった場合は、サニブラウンに代わって「やった人」を当てはめればよい。

誰かしらが必ず何かをやるので名前のことを心配する必要はない。

それにしても、人間が飛んだ、跳ねた、走った、捻《ひね》った、捩《ねじ》ったと言って大騒ぎをするのはこの期間以外にない。

オリンピックの期間はおよそ二週間だから十四日間だけ騒ぐ。

いやいやオリンピックは四年に一回だから、四年に一回、十四日間だけ騒ぐ。

だいたいサラリーマンは普段飛んだり跳ねたりしない。

一日中ずうっと椅子に座っている。

だからと言って、飛んだり跳ねたりに憧れるというわけでもない……ような気がする。
それなのにオリンピックが開かれたとたん、急にお天気のほうはどうでもよくなって
サニブラウンのほうが気になる、というのはどう考えてもおかしい。
急にオリンピックに取り憑かれた、ということなのだろうか。
村の鎮守のお祭りで考えてみたい。
村人たちの普段の生活は忍従である。
腰を曲げて田畑を耕し、雨風の中で種を蒔《ま》き、絶え間なく生えてくる草を毎日むしり、
楽しいことなど一つもない。
だからこそ、年に一度の村祭りが待ち遠しいのだ。
年に一度のピーヒャララが楽しくてたまらないのだ。
オリンピックはサラリーマンのピーヒャララなのか。
迷わず「そうだ」と答える人はヘンな人だから気をつけたほうがいい。
オリンピックは全てにおいて異常である。
世界異常大会である。
少くとも正常ではない。
「オリンピックはけしからん」と、ぼくは常々思っている。
「オリンピックおじさん」、覚えていますか。

オリンピックというと必ず出てきてスタンドで日の丸の旗を振っていたおじさん。

金色の山高帽みたいのをかぶって、その山高帽に日の丸、金色の扇子にも日の丸、そのスタイルで大きな日の丸の旗をスタンドで振りまわして、いやがうえにも目立っていたおじさん。

最近見かけなくなったな、と思っていたら亡くなっていました。

しかも今年（２０１９年３月）、享年92。

オリンピックおじさんがいなくなって寂しくなったのでぼくが勝手に跡を継ぐことにしました。

ただし「オリンピックけしからんおじさん」として。

無帽、無旗、無スタンドではありますが孤立無援、孤軍奮闘の覚悟であります。れいわ新選組の山本太郎君と組むつもりはありませんのでご心配なく。
オリンピックけしからんおじさんの結党第一声は、
「人間の価値は何で決まるか」
という壮大なテーマである。
会社だったら「いい大学を出てる」ということが評価の根底になる。
偏差値の高い大学を出ているわけだから当然本人の偏差値も高い。
だがそれだけでその人の評価が高くなったりするほど世の中はバカじゃない。
人徳というものが加味されてくる。
嘘をつかない、正直、誠実、責任感、陰日向がない、なども評価の対象になる。
つまり総合点で評価。
この評価の仕方はどんな世界でも、どんな分野でも通用する。
通用しないような世界はどこかがおかしい。
オリンピックはどうか。
たとえば陸上競技の100メートル。
ウサイン・ボルト、9秒58。
この9秒58の上をゆく人はいない。
世界一である。

世界一という言葉はしばしば「立派」という言葉に置き換えられ「偉い」という言葉にも置き換えられる。

すなわち、

「ウサイン・ボルトは偉い人」

という表現が成り立つ。

ここのところにオリンピックの恐さがある。

ウサイン・ボルト氏は駆けっこが世界一であることはまぎれもない事実であるが、これまで人徳方面の検証をされたことは一度もない。

いや、ボルト氏の名誉のためにも言っておくが人徳方面に問題があると言っているわけではない。

検証はされていない、ということを言ってるだけであって、ここのところがオリンピックの恐さであると言ってるだけなのだ。

その人の一面だけでその人を絶対視する風潮をオリンピックは育ててきはしなかったか。

その弊害を世の中に撒《ま》き散らしてこなかったか。

数字は絶対なのか。

絶対でいいのか。

ということをオリンピックけしからんおじさんは言いたい。

こういうことを考えてみる。

次期オリンピックの100メートル競走。

このときはもうボルト選手は引退して出場せず、トルボ選手とボルト選手が一位、二位を争うことになる。

このとき100メートル競走は世界的に低調で、一位が9秒582、二位が9秒583だった。

0・001秒の差。

この差、これはもう「人間の時間」ではない。

「架空の時間」「人間として無視していい時間」ということになる。

そしてややこしいことに二位のボトル選手の人柄がよかった。とてもよかった。

聖人君子、品行方正、人徳最高、しかも世界有数の大金持ちでオリンピック・パラリ

ちゃんと土俵も作る
オリンピック陸上競技場

ンピック開催準備基金に膨大な寄付をしていた。

こういうことになったときでも人間の偉さを数字だけで決めていいのか。

足の速さで人間の価値を決めてよいものなのか。

世界広しといえども、そんなことをしているのはオリンピックの世界だけではないのか。

政治の世界では通用しないぞ。

実業の世界だって通用しないぞ。

足が速いからといって芥川賞を取れるとは限らないぞ。

そこでオリンピックけしからんおじさんは考えた。

こうしたらどうだろう。

2024年のオリンピック。

号砲一発、100メートル競走の選手が走

り出す。

写真判定の結果、一位トルボ、9秒591。

二位ボトル、9秒592。

0・001秒の差。

ここから先がこれまでのオリンピックと違ってくる。

グラウンドに黒い羽織袴の男性が五人飛び出してくる。

円く集まって何かを協議している。

ややあってその中の一人がマイクを取り上げる。

「ただいまの協議についてご説明申しあげます。両選手の人柄、人格、誠実さ、寄付などについて協議の結果、総合判断としてボトル選手の優勝と決定いたしました」

場内万雷の拍手、嬌声、スタンディングオベーション。

ボトル選手は大きな国旗をひるがえしながらグラウンドを一周、二周、三周。

本来こうあるべきなのである。

勝負に人情があってこそのオリンピックなのだ。

ここで改めてオリンピック憲章を見てみよう。

オリンピック憲章は、国際オリンピック委員会（IOC）が定めた近代オリンピックに関する規約で、要約すると、

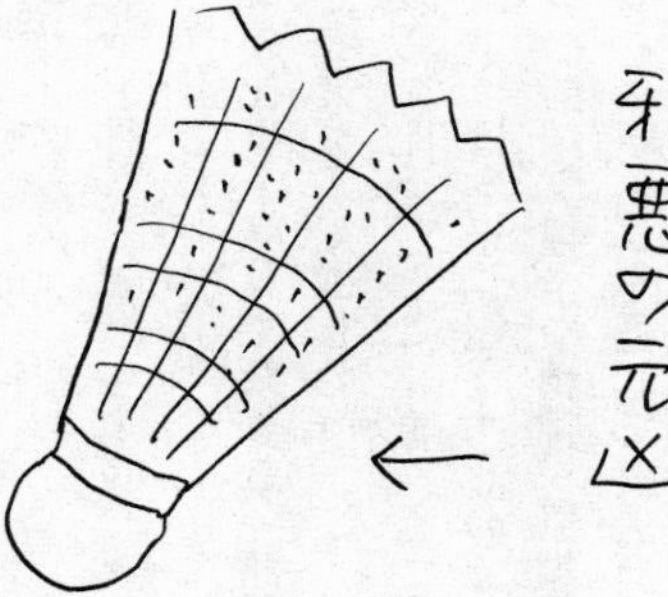

「スポーツを通して心身を向上させ、文化、国籍など様々な違いを乗り越え、友情、連帯感、フェアプレーの精神をもって理解し合うことで、平和でよりよい世界の実現に貢献すること」

なのだ。

このオリンピック憲章のどこにも、

「技を競い合え」

というような文言はない。

「一位を讃えよ」

とも書いてない。

だったら羽織の五人組が出てくる余地はもともとあったのだ。

ただそれがこれまで実現しなかっただけなのだ。

オリンピックはけしからんという理由はまだまだある。

スポーツは体の運動によって成り立つ。

運動とは何か。

〔生物体の能動的な動き〕である。

〔個体内の局所的運動と個体の移動運動、また成長運動・筋運動・細胞運動などのように分類する〕

〔物体が時間の経過につれて、その空間的位置を変えること〕（広辞苑より）

スポーツとは何か。

〔日常の仕事を離れて楽しむ、諸種の運動・球技や登山など〕（新明解国語辞典より）

ここで気づいて欲しい。

これらの記述のどこにも「競」という字は出てこない。

スポーツは本来「競う」ものではないのだ。

心身の鍛錬、健全な精神、協調の心、正々堂々とした態度、相手への尊敬、労わりの心などをスポーツを通して養い、明るく清く正しい世の中を築いていこう、というのがスポーツの本来の目的なのだ。

オリンピックは〝スポーツの祭典〟と言われている。

その祭典はどこで行われるか。

オリンピック競技場で行われる。

ここで初めて「競」という字が現われる。

オリンピックはスポーツを「競わせる」方向に、無理矢理……かどうかはわからないが、持っていっている……かどうかはわからないが結果としてはそうなっている。

そうなった結果どうなったか。

個人と個人が競い合うことになった。

国と国が競い合うことになった。

「競う」などと綺麗ごとを言っているが、競うの実態は「争う」である。

「争う」の実態は「戦う」である。

「戦う」の実態は「醜い」である。

スポーツは醜い、これがオリンピックけしからんおじさんの結論である。

孤立無援、孤軍奮闘、山本太郎君の助けも借りずに自分一人の力で導き出した結論がこれであった。

スポーツは明るい、スポーツは健全、スポーツで清く正しい世の中を、というのが一般社会の通念である。

その通念に正反対のことを主張するのは正直言って心苦しい。

ガリレオ・ガリレイの苦しさがおじさんにはよくわかる。

だが正義は貫かれなければならない。

いと思う。

スポーツはすべて醜いが、中でもとりわけ醜い例を一つだけ挙げて世人の賛同を得たいと思う。

バドミントンである。

バドミントンの試合を見ていて次第に息苦しく暗い気持ちになっていった経験はありませんか。

テニスやピンポンにも同様の傾向はあるがバドミントンはなぜか見ていて気持ちが沈んでいく。

人間はここまで非情になれるものなのか。

人間はここまで相手を打ちのめさないと気が済まないものなのか。

相手を窮地に追いつめて追いつめて、更に追いつめて追いつめてもうどうにもならないというその刹那、必殺のラケット一閃、渾身とはこのこと、鬼の形相の凄まじさ、人間の邪悪ここに極まる。

オリンピック憲章でしたっけ、たしか相手への労わりとか尊敬とかついさっき言ってましたよね。

鬼の形相のとき、相手を労わっているのでしょうか。

そしてまたバドミントンという競技そのものが、人間の邪悪を煽《あお》るようにつくられている。

あの羽根のヒラヒラ。

あれを思うとテニスのボールの潔さが懐かしい。

もしかしたら拾えそうな、しかし無理そうな、しかし万が一、と、邪悪本人と、それを見ている人の邪悪がギリギリと音をたてるような競技。

よくもまあ、ああいう競技を思いついたものだと思わせる、人の心の邪悪。

スポーツは本来見ていて心が晴れ晴れ浮き浮きするものと相場が決まっている。

だけどバドミントンは……。

あ、だけど、バドミントンをやってる人はいい人が多いらしいですよ。

美人も多いし……。

タンマ君
傑作選
8
東海林さだお
ニュージーランド「オールブラックス」
ハカね
パフォーマンスね
試合前の団結ね

相手に対する威嚇ね
でも
日本にはあのたぐいのパフォーマンスはないな
ありえないな
ある!
東京農大出身
大根踊り
あった!!

大切な四つの袋

〝ブラブラ〟に晴れ舞台を！

急に背中が痒《かゆ》くなる、ということはしょっちゅうある。

しかも手が届かないところ。

肩の骨の下あたり、あと2センチで届くのだが、その2センチがどうしても届かない。

手をあっちへやったりこっちへやったり、上から試してみたり下から回してみたりするのだがあと2センチ、どうやっても届かない。

このとき誰もが思うことは、

「人類の指があと2センチ長ければ」

ということである。

こういうことを書くと、必ず、

「孫の手があるじゃないか」

と言い出す人がいるが、そういう人は本稿の為にならない人なのでただちにあっちに行ってもらいたい。

「せめてあと2センチ」は人類共通の願いである。

日本国内だけで考えても「あと2センチ」を願う人は何万人といるはずである。

いや、何十万人かもしれない。

毎日毎日、何十万人という人が背中を痒がっているはずだ。

世界的な規模で考えてみよう。

何百万人、いや何千万人の人が背中を痒がっているはず。

「必要に迫られて生後に獲得した能力」を獲得形質という。

毎日毎日、世界中の人類が、まさに必要に迫られながら「あと2センチ」を願っているとすれば、人類はそっちのほうに進化していくのではないか。

誰もがそう思うのは当然のことである。

ところが獲得形質の遺伝はとっくの昔に否定されている。

だが、

「環境や行動によって進化の方向が変化する」

という説は健在である。

そう思ったのでこの正月、進化に関する本を三冊買ってきて読んだ。

一冊目が『残酷な進化論』更科功著・NHK出版。

二冊目が『人体、なんでそうなった?』ネイサン・レンツ著・久保美代子訳・化学同人。

三冊目が『わたしは哺乳類です』リアム・ドリュー著・梅田智世訳・インターシフト。

この三冊目がめっぽう面白かった。

ぼくはこれまで、進化とはより良き方向へ、より正しい方向へと変化していくものだとばっかり思っていたのだがどうやらそうではないらしい。

「私たちの進化の歴史は、間違いの繰り返しであった」

という驚愕(ぼくにとっては)の事実が『人体、なんでそうなった?』に書いてある。

「人体進化の不都合な真実」という記述が『残酷な進化論』にある。

「男性の精巣が体の外部に出たのは、進化というよりそういう環境を余儀なくされた」という文言が『わたしは哺乳類です』の中にある。

「余儀なく」という表現は「嫌々《いやいや》出て行った」ということであり、ぼくはあのものが急に不憫になった。

ただ気楽にぶらぶらしているのだと思っていたが辛《つら》い境遇だったのだ。

それにしてもこの三冊のどこにも「より良き方向へ」「正しい方向へ」という記述が見当たらない。

そうか、そうだったのか……。

人類が地球上に誕生したのは神様の仕事だった。

旧約聖書によれば当時の神様は大忙しだった。

スケジュールがタイトであった。

一日目に昼と夜をつくった。

二日目に空をつくった。

三日目に大地と海をつくった。

四日目に太陽と月と星をつくった。

五日目に魚と鳥をつくった。

六日目に獣と家畜と人をつくった。

ぼくとしては人間だけはせめて一日かけてつくってもらいたかったが、獣と家畜といっしょにまるでついでみたいにつくったのだった。

やっつけ仕事と言っては何だが、何しろスケジュールがタイトであったから神様を責めるのは酷《こく》というものであろう。

むしろ神様に同情すべき点が多々あったと言うべきなのだ。

だから誕生後の進化だってかなりいい加減なことになってゆくのも仕方のないことなのである。

そう思いながら三冊の中の一冊『わたしは哺乳類です』をナニゲにパラパラとめくっていくうちにハッとなった。

最も興味を引く項目が目に入ったのである。第一章「なぜ精巣は体外に出たのか」。

サブタイトルとして、

「ぶらぶら揺れる陰嚢の起源／冷却仮説に問題あり／トレーニング仮説、ギャロッピング仮説など」

学者の言葉としては慎しみがないというかはしたないというべきか、ぶらぶらはあまりにぶしつけではあるが実態の表現としては秀逸である。

と思いながら急速にわいてくるハゲシイ興味を抑えつつ読んでいくと、

「しわくちゃのキャリーケースに入れて持ち歩いている理由」

という表現が出てくるのであった。

あまつさえ、

「シャンデリアよろしくぶら下がっている」

という記述さえ出てくるので興味はいやが上にも増してゆくのであった。

著者のリアム・ドリューという人はなかなかユーモアのセンスのある人のようだ。ページをめくる手に力がこもる。

しかし「しわくちゃ」はわかるが「持ち歩いている」という表現はどうだろう。われわれとしては「持ち歩いている」という意識はなく、どちらかというと「随行」とか「お供」というような意識のほうが強いような気がするのだが。

それにしてもキャリーケースはなぜ体の外に出たのか。

世間一般に広く知られているのは冷却説である。あのものは常に冷やしておかねばならないように出来ている。

ところが先述のようにこの本は、

「冷却仮説に問題あり」

と唱えている。

袋などと言ってみんな馬鹿にしているが、よく考えてみてほしい、陰嚢は人間の命の根源である。

これなくして人間は誕生しない。

厳重に保護しなければならない代物《しろもの》をなぜ無防備な外に、堅固な防壁いっさいなしにぶら下げることになったのか。

リアム・ドリュー氏はこのことをこう表現している。

「これではまるで、銀行は金庫を使わず、路上のテントに金を保管するようなものだ」

そういう社会的な危険のほかに人的被害というものもある。

野球などの球技をやったことがある人ならば百人が百人、その危険を承知している。

何しろジカ、防壁なし、ただのシワシワ、そこんところへあれだけの硬いボールが直撃するのであるからその痛さは筆舌なんてもので尽せるものではない。

悶絶、苦悶、失神、人事不省、脂汗タラタラ……。

この苦しみはたとえどんなに深く愛し合っている異性に訴えても理解してもらえないのだ。これが辛《つら》い。

そして治療法がいまだにない。

ただピョンピョン飛びはねるという民間療

法しかないのだ。

　この事実を考えると陰嚢を体の外に出したのは進化としては間違った方向であったと思わざるをえない。

　人類の平均体温は37℃である。

　37℃近辺で内臓はほどよく機能する。

　ところがキャリーケースの中にある精子はそれより平均2・7℃低くなければうまく機能しないという。

　低くするためにはとりあえず外に出す。

　多少の被害は覚悟の上である。

　この温度差は人間のみではなく哺乳類全体がそうなっている。

　フーン、そーなんだ、確かに犬や猫や山羊なんかを後ろから見るとあのものをモコモコさせていて、みんなああやって冷やしてるんだナ、ということがよく理解できる。

　ところが驚愕の事実をこの本を読んだ人は知ることになる。

　ぼくもこれまで気がつかなかったのだが、「象は陰嚢を体の中に仕舞っている」。

　そう言われれば象の足の間には棒のようなものがぶら下がっているのは見たことがあるような気がするが袋状のものは見たことがないような気がする。

　じゃあどこに仕舞ってあるかというと「肩のあたり。腎臓の近く」だという。

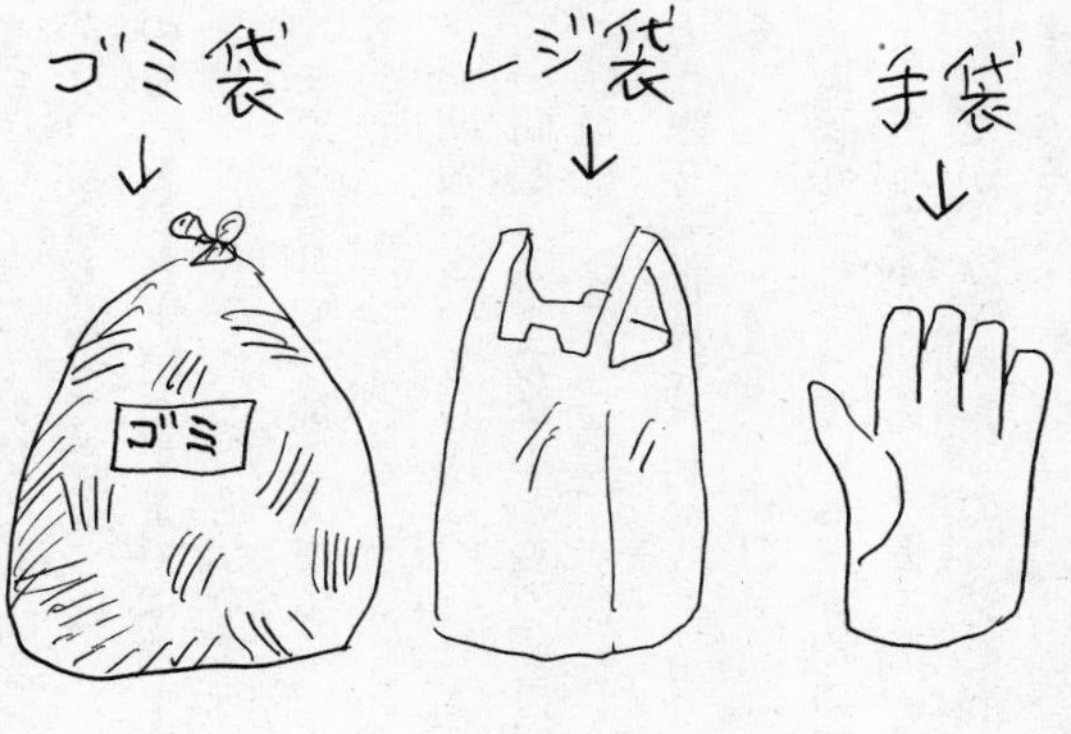

仕舞いこんでいる連中は他にもいて、サイ、カバ、バク、モグラ、クジラ、イルカといった連中も腎臓の近くに仕舞いこんでいるという。

そう言えば人間の胎児も3か月目ぐらいまでは体内にあってその後少しずつ下がっていってやがて体外に出ていくことになっている。

こうなってくると「体外冷却説」の根拠が怪しくなってくる。

彼らはなぜ仕舞いこんだのか。

クジラとイルカは説明がつく。海中生活から陸上に上がって再び海中に戻った。

陸上のとき仕舞いこんでそのままになった。

もし海中でも外に出しておくとどういうことになるか。

「ぶら下がった陰嚢は、流体力学にかなっているとは言えないし、下から攻撃する魚の格好のおやつになるのはまちがいない」

おやつというところが気の毒である。

モグラの場合も納得できる。

あのものをぶら下げたままでは地下の狭い通路のあちこちにぶつけることになるし、モグラといえどもそれは悶絶ものであるはずだし、そうなると庭とか畑の中から、年がら年中モグラの悲鳴が聞こえてくることになってうるさくてしょうがない、ということになる。

前後の問題についても氏は言及している。

前後の問題というのは棒と袋の位置関係のことで、フツウは棒が前で袋が後ろということになっている。

これだと棒の活躍時《かつやくじ》に何の支障もないが、「有袋類の睾丸は、陰茎の前に垂れ下がっている」。

位置関係が逆になっているというのだ。

え？　そうなると、え？　棒の活躍時はどういうことに？　え？　え？　ということになるのだが、カンガルーの事情を心配してもいまさらどうにもならないのでこのまま話をすすめる。

大体において袋の活動は地味である。

常に棒の陰に隠れてひっそりと物憂く垂れ下がっている。

小説などでもあまり取り上げてもらえないし絵画でもめったに登場しない。

それでも彫刻ではダビデ像でわりに丁寧に彫ってもらってはいるがシワシワにまでは手をつけてもらっていない。

浮世絵でも袋のほうはほとんど無視。

ごくたまーに棒に隠れて部分的に義理で登場するぐらいだ。

官能小説ではどうか。

改めてそっち関係を方々あたってみたのだが、わずかに、

「激しく打ちつけた」

という表現を見つけただけで、それ以外に活躍している場面はなかった。

これとても自ら行動に出たわけではなく、言ってみれば余震というようなカタチなので積極性は感じられない。陰嚢のこれまでの歴史をふりかえってみると、あまりに地味で日陰でひっそりとした人生であった。

位置関係から言っても常に裏にまわる人生を送ってきた。

根が真面目で内気で引っ込み思案で黙々と仕事をするタイプのヒトだった。

風貌にも問題はあった。

とにかくみすぼらしい。身なりがよくない。

いつも項垂《うなだ》れている。神妙にしている。
常に棒とワンチームで行動しているが、どう見ても上下関係があるように見える。
兄と弟、主と従、先輩後輩、どの関係にも当てはまるような気がする。
誰もが棒のほうが地位が上だと思っているが実際は違う。
袋のほうが兄、棒が弟。
ちょっと考えてみればすぐわかることじゃないですか。
彼らの目的とするところは人類の繁栄。
その繁栄の源を担っているのが、キャリーケースに収まっている精巣。
棒のほうは派手にふるまってはいるが所詮目的達成のための道具に過ぎない。
人類はこのへんでこれまでの陰嚢の人生を見直してあげなければならない。
いまがその時なのだ。
陰嚢を晴れの舞台に立たせてあげようではありませんか。
どういう晴れの舞台がいいのか。
とりあえず結婚式というのはどうか。
陰嚢と結婚式はどこかで結びついているような気がするし……。
結婚式の披露宴には昔から伝わる定番の名文句がある。
来賓の誰かが必ず言う。

「エー、人生には大切にしなければならない三つの袋があります。まずお袋。そして胃袋。堪忍袋、この三つであります」

最近ウケるのは、

「エー、人生には大切な袋が三つあります」

と言っておいて、

「手袋、レジ袋、ゴミ袋」

というのがあるらしいが、これからは、

「エー、人生には大切な袋が四つあります」

ということになる。

「その四つとは何か。お袋、胃袋、堪忍袋、そして……」

と、ここで言いよどんではいけない。

ちゃんと、大きな声で、はっきり、あの袋の名を言うようにしていこうではありませんか。

そうやって、彼のこれまでの陰の人生を表に出してやろうではありませんか。

問題はあの袋の名称は公的に何と表現すればいいのか。

大変むずかしい問題ではあるが、これからそれをみんなで考えていこうではありませんか。

タンマ君 傑作選 9

東海林さだお

パンドラの箱
ゼウスは人類最初の女性パンドラに箱を与えた
その箱は開けてはならない箱であった
なのにパンドラは箱を開けた
そのためたくさんの不幸が箱から飛び出したが
急いで蓋をしめたため希望だけが残った
日本にも似たような話がある

玉手箱
浦島太郎は 助けた亀に 乗せられて
竜宮城へ 行って 乙姫様に 歓待され
お土産に 玉手箱を もらう
開けてはならぬ と言われた 箱を開け ると
たちまち しらがの おじいさん !
現代の 日本にも 似たような 話がある
日本の若者 タンマは いままさに 週刊誌の 袋とじを 開けよう として いるので あった
その 中身や いかに !
はたして 希望は 残るので あろうか !

令和の〝チン〟疑惑

電子レンジと安倍内閣

今まさに、今ここに、令和の大疑獄事件が発覚しようとしていることを世間は知らない。

事件の名前は「レンジ・チン疑惑」という。

略して「チン疑惑」と呼ぶ人もいる。

一見「昭和の阿部定事件」に似ていなくもないが、そんな柔かい話ではなく、時の政府がからんだとてつもなく硬派の事件である。

もともと電子レンジは、機械として疑惑があり過ぎる。

冷たいゴハンが2分で熱くなる。

なぜ熱くなるのか。

即答できる人はきわめて少ない。

わたくしも電子レンジの扉を開けて中を覗いて見たことがあるが、内部はシンと静まりかえっていて何かを熱くするような機構はどこにも見当らなかった。

こういう場合、われわれはその内部に熱源を発見しようとしているのだが、それがどこにも見当らないのだ。秘匿《ひとく》という言葉が頭に浮かぶ。

だがスイッチをポンと押して2分経てば、冷たかったゴハンがたちまち手で持てないぐらいアツアツになる不思議（「玄関開けたら2分でゴハン」の場合）。

われわれ大人たちが10人集まっても10人が10人説明できない代物《しろもの》、妖怪、それが電子レンジである。

電子レンジのナゾは他にもいっぱいあって、電子レンジを〝疑惑のデパート〟と呼ぶ人もいる。

一方……一方と言うにはあまりに一方過ぎるところはあるが、安倍内閣もまた〝疑惑のデパート〟と呼ばれている。

森友疑惑、加計疑惑、花見疑惑、近くは検事長停年延長疑惑……。

われわれはここにおいて、電子レンジと安倍内閣が〝疑惑のデパート〟という言葉で結ばれていることを知る。

政治と疑獄事件はつきものである。

吉田内閣時代の造船疑獄、終戦後まもないころの昭和電工疑獄、古くは京成電鉄疑獄、そして戦後最大のロッキード疑獄……。

ここでわたくしは令和を揺がす大疑獄事件として「レンジ・チン疑惑」を世に問わんとするところの者であることを強調しておく。

わたくしが今ここに告発せんとしている「レンジ・チン疑惑」とはそもそもいかなるものなのか。

この告発がひとたび世に出れば、時の内閣（安倍内閣）が任期をまたずしてただちに崩壊するほどの衝撃の書が本文にほかならないことをわたくしは保証する。

立花隆の「田中角栄研究」によって田中内閣は倒れた。

このたびのわたくしの「レンジ・チン疑惑」によって安倍内閣は倒れるかもしれない

のだ。

先を急ごう。

事態は風雲急を告げているのだ。

とりあえずテレビの料理番組を見てみよう。

風雲が急を告げているというのに、テレビの料理番組など見ている場合か、という向きもあろうかと思うが、このテレビの料理番組こそが今回のこの告発の根源となっているのだ。

テレビの料理番組ではこういう言葉がしばしば発せられる。

料理をしながら料理研究家が言う。

「ここでこのトウモロコシを3分間レンジでチンします」

テレビを見ている人は、

「ここでこのトウモロコシをレンジでチンするわけだな」

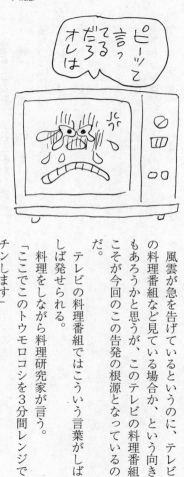

と思い、双方の解釈に1ミリの乖離《かいり》もない。

本文を読んでいる読者の方々とも寸分の乖離はない。

嗚呼《ああ》！　とわたくしは嘆く。憂う。

この三者の乖離の無さこそが、時の政府が仕掛けたワナなのだ。

いいですか、落ちついて聞いてくださいよ。

落ちついて次のひと言を聞いてください。

電子レンジは「チン」とは言わない。

今の電子レンジは「ピー」と言っている。

「そういえば……」

とハッとした人は多いのではないか。

わたくしは改めて断言する。

電子レンジは「ピー」である。

今どき「チン」などと言っている電子レンジは皆無である。

と断言してわたくしは少し不安になってウチの電子レンジに「2分でゴハン」を入れ、2分にセットし、スタートボタンを押したところ2分後果たして「ピー」と言った。

明らかに「チン」ではなく「ピー」であった。

念のためにもう一度「2分でゴハン」で確かめようとも思ったが、そうなるとゴハン

がどんどんあったまってしまい、今すぐ、ゴハンをたくさん食べなければならなくなるので止《や》めたが、もう一度言う、レンジはチンとは言わない、ピーと言っている。

電子レンジが発売され始めた初期のころは確かに「チン」だった。

それは間違いのない事実ではあるが、いつのまにか電子レンジは「ピー」と言うようになっていた。

「いつのまにか」というあたりにも電子レンジのナゾを感じる。

電子レンジは怪しいやつなのだ。

そして今は、どんな電子レンジもピーになった。

ピーならざる電子レンジは今や皆無である。

皆無になってからもう何十年も経つ。

それなのに、なぜテレビの料理人は「レン

ジでチンします」と言うのか。

われわれもあたりまえのように、冷凍ラーメンをチンして食べようと思い、ほんとにチンし、チンしたからアツアツ、なんて思いながら、チンものって便利だな、なんて思いつつ食べている。チンが普通使いになっている。

電子レンジがピーと言うようになった時点で、テレビの番組は、

「レンジでチンします」

ではなく、

「レンジでピーします」

と言わなければならないはずだった。

なのに未だに「チン」と言っている。

今日もテレビではそう言っていた。

誰が考えてもこれはおかしい。

料理人が、

「ここでこれを3分間チンします」

と言ってボタンを押して3分経つと、レンジは、

「ピー」

と言う。

料理人はその「ピー」を耳にしているのにケロッとしている。

ふつう恥ずかしく思うはずなのにケロッとしていて、助手の人もケロッとしているしカメラマンもケロッとしている。

みんな電子レンジが発する魔力、妖力にやられているのだ。

このあたりで読者諸賢の、

「ケロッと問題はもういい。それより疑獄事件の方はどうなったんだ」

という声が聞こえてきたのでそっちに話を戻します。

なぜ人々は、電子レンジがピーと言っているのにチンだと言い張るのか。

問題はそこですよね。

言い張ってるわけではなく、実は言わされているのだ。

言わされていることに気がつかないで言っているというところにこの事件の恐ろしい闇がある。

それほど「レンジ・チン疑惑」は奥が深いのである、ということをわたくしは再び警告しておく。

「レンジ・チン疑惑」はこうして始まった。

安倍内閣の様々な疑惑事件には夫人がからんでいることが多いが、やはりこの事件にも夫人がからんでいた。

昭恵夫人の日常はあちこちで紹介されているように、出歩く、ということに重きを置いている。

出歩いていろんな人にいろんなことを話しかける、ということが基本になっている。

それだものだから、首相はお友だちの菅君を呼んでこんなことを言う。

「ウチのアレは、ホラ、アレだろ。アレだものだからどうしてもアレになっちゃうから、そのあたりのアレをアレしてくれるといいんだが」

菅君はそれを聞いて静かに頷く（あの暗い顔で）。

菅君はとりあえず次官級あたりを呼んでそれとなくアレすると、

「さっそくアレします」

ということになって、次官級は局長級あたりにあたってみようと思い、佐川君（宅配

宅配便じゃなりほうの佐川さん
レンジはあくまでチンであります

便じゃないほう）にあたってみると、佐川君は深く頷いて（あのツブラな瞳で）、さっそくあちこちにあたり始める。

そのあたりは役人同士の以心伝心、ツーとカー、言わず語らず心と心、忖度と斟酌《しんしゃく》、それらの煮込みとゴッタ煮、末端のほうに話が行った時点では上が「ア」と言うだけで下は「ウン」と答える。

「阿吽の呼吸」というより志村けんの「アイーンの呼吸」で忖度の度数はどんどん高まっていく。

あたってみる方面は各所に及ぶ。

マスコミ各所にも及ぶ。

NHK、民放、新聞社、出版社、もちろんロコツは避け、遠まわし、それとなく、じんわりあたってみる。

あたられた方《ほう》の上の方はそれなりに忖度し

て下のほうにそれとなくそれなりのあたり方で、とりあえず現場にあたってみる、という図式になっていく。

首相が菅君に「アレしてくれ」と言ったアレとは？

安倍君と以心伝心の菅君は、安倍君の「アレ」をこう受け取った。

昭恵夫人はあちこち出歩いて話をするとき、話の中でしばしば、

「レンジでチンする」

という言い方をしていたのだ。

それが間違った言い方であることを夫の晋三は実は気がついていた。

またしても妻《こと》がやらかした。

何とか糊塗しなければならない。

その意は菅に伝わり佐川（宅配便じゃないほう）に伝わり、NHKの上のほうに伝わり民放、新聞社、各マスコミの上の方に伝わってやがて現場にも伝わった。

現場である料理番組にも伝わった。

料理番組の上はそれとなく料理をする人に「レンジはピーではなくチン」で行くことを指示した結果、料理番組はすべて「レンジはチン」ということになっていった。

テレビの番組で毎日毎日「レンジでチン」を聞かされている大衆は、いつのまにか、レンジがピーと言っているにもかかわらず、レンジはチンだと思い込むようになってい

った。

　これが事件の真相である。

　恐るべき陰謀、あってはならない陰謀ではあるが長期安定政権、お友だち同士政権、気が緩み切った政権にとっては、エ？　それが何か？　と不思議がるほどの日常茶飯事的出来事であったのだ。

　人間同士の談合はこれでも済む。

　事実、「レンジはチン」という不正はまかり通ることになった。

　日本国民全員が「レンジはチン」を信じるようになっていったし、何の不思議もなく日常の会話にも取り入れるようになった。

　安倍一族の陰謀は見事に成功したのだ。

　人間同士はこれでいいかもしれないが機械は人間とは考え方が違う。

　誰もが知っているように機械は正直を信条としている。

　正直、精確、無謬《むびゅう》、これなくては機械は機械たりえない。

　これなくては工場は欠陥品の山となって工業国日本は亡びる。

　機械が一番嫌うのは不正である。

　安倍内閣はその不正を電子レンジという機械に強制したのだ。

　機械が明らかに「ピー」と叫んでいるのに「ピー」ではなく「チン」だよね、キミは

「ピー」ではなく「チン」と叫んでいるんだよね、と言いくるめている。
こうなればいくらなんでも機械だって馬鹿じゃない。
ここで電子レンジの言い分を聞いてみよう。
「2分でゴハン」を用いて聞いてみることにする。
レンジの中にゴハンを入れました。
2分にセットしてスイッチを押しました。
さあ、レンジは何か言ってるようです。
スイッチを入れたとたん、レンジは、
「ヴー」
と言い始めました。低い音です。
言う、というより、唸《うな》っている感じです。
「ブー」ではなく明らかに「ヴー」。
上の歯で下唇を噛みしめて「ヴー」。
この音は何を意味しているか。
人は口惜しいとき、上の歯で下唇を噛みしめます。
唸ったりもします。
レンジは口惜しがっているのです。

自分はいつだって仕事の終了時には「ピー」と言うことにしている。

そこで「ピー」と言う。

その「ピー」を人は「チン」だと言い張る。

「ピー」を叫んでも叫んでも「チン」。

その無念、その悲嘆、察しても余りあるものがある。

もう一度書くが、無実を叫んでも叫んでも「チン」。

電子レンジの「ヴー」は無実の叫びだったのだ。

ブーイングという言葉があります。

アメリカの大リーグではしばしばブーイングが行われる。

何万という観衆がいっせいにブーイングを行う。

ブーイングはBOOINGでBで始まるが、Vで始まるヴーイングは、ブーイングの数倍と言われていて（言われてないかもしれないが）、そんなような気がしきりにするので、このことで電子レンジがいかに口惜しがっているか、われわれとしては察してやろうではありませんか。

ふと気がつけば、そんなどうでもいいことを言ってる場合ではなかった。

わたくしは本文によって時の内閣のこのような壮大な不正と陰謀を暴《あば》いた。

立花隆は「田中角栄研究」によって時の内閣を倒した。

わたくしのこの「レンジ・チン疑惑」は、果たして時の内閣を倒すことが出来るのかどうか。

この物語はフィクションです。実在の人物と符合するところがあったとしてもそれは偶然なので気にしないでください。

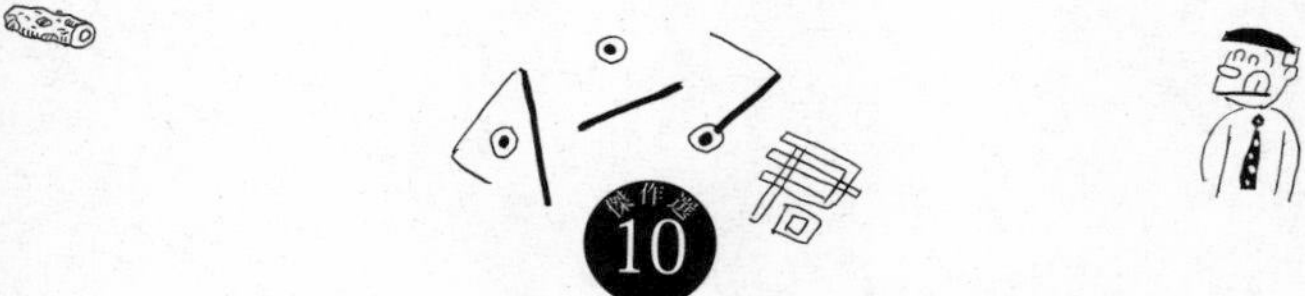

傑作選 10

東海林さだお

コンビニ弁当を
部長に買ってきて
さしあげて
丸投げ!
コンビニ
中抜き!

散歩道《どう》入門

コロナで大躍進を遂げた運動

散歩が脚光を浴びる時代がやってきた。
これまで散歩の社会的地位は低かった。
運動としての地位も低かった。
趣味としての地位も低かった。
まず社会的地位。
道路をぶらぶら歩いている人がいる。
それを見た人は、
（散歩してるんだナ）
と思う。と同時に、
（ヒマなんだナ）

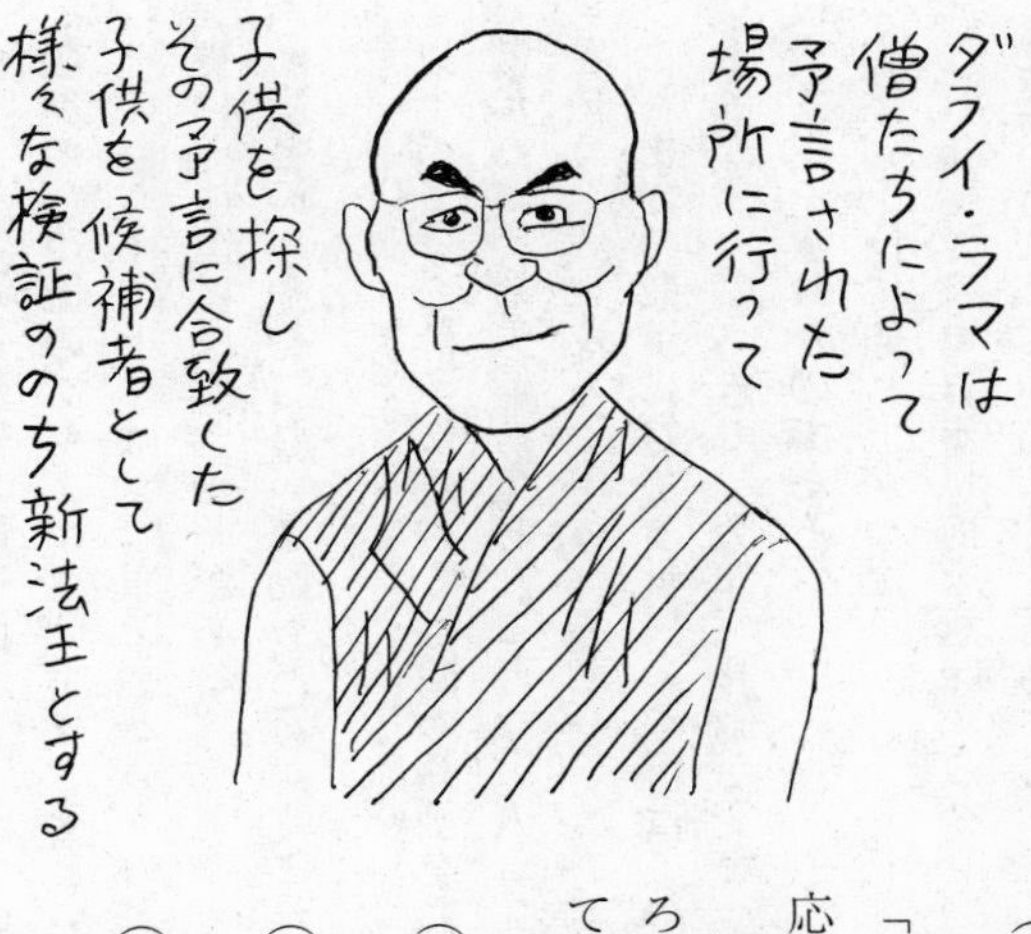
ダライ・ラマは
僧たちによって
予言された
場所に行って
子供を探し
その予言に合致した
子供を候補者として
様々な検証ののち新法王とする

と思う。と同時に、
（お金かかってないナ）
と思う。

「散歩が趣味」という人も多いので散歩は一応趣味の一つと考えて話をすすめる。

趣味には釣りとかテニスとかゴルフとかいろいろあるが、ゴルフバッグをかついで歩いている人がいる。

それを見た人は、
（お金がかかってるナ）
と思う。と同時に、
（いい暮らししてるんだナ）
と思う。と同時に、
（会社じゃ偉いんだナ）
と思う。

運動としての地位はどうか。

「運動なの？　あれ」と疑う人さえいるくら

い運動としての地位は低い。

もしかしたら運動界の最下位かもしれない。

散歩の一つ上のクラスにウォーキングというのがある。

そのもう一つ上にはジョギングというのがある。

更にその上にはマラソンがある。

競歩というややこしい運動もあるが、これだって散歩より上位であることは間違いない。

以上のような散歩に対する世間の評価を総合して考えると、

散歩している人＝《イコール》大したことない人

という公式になる。

これまでの散歩に対する世間の評価はこのようなものであった。

それが、ここへきて、突如、評価が変わった。

大躍進を遂げたのである。

突然、上位に伸《の》し上がった。

「これまで」はコロナ以前を意味する。

「ここへきて」はコロナ中を意味する。

ここで言うコロナとは、正しくは新型コロナウイルスのことである。

新コロ（略称）のせいで「ステイホーム」というお達しがお上《かみ》から出て、人々は外出を控えるように申し渡された。

お上というのは政府であり東京都知事であるが、特に都知事がうるさかった。

見幕というんですか、血相というんですか、そういうものに一般国民はヤラレタ。

人間は動物である。

動く物なので動物という。

その、とかく動こうとするものに「動くな」と厳命した。

見幕に恐れをなして国民全員が家の中に引き籠った。

一方……話が少しそれるが、スポーツ庁というのがあります。

スポーツ庁というのはれっきとしたお役所（お上）で文科省の管轄。

そのスポーツ庁が、

「安全にウォーキングやジョギングに取り組むための留意点」

という文書を公表している。

その内容は「マスクを着用」「一人で」「他人との距離はウォーキングで5メートル」「ジョギングだと10メートル」「無風状態では5～10メートル」などなど、風速にまで言及したお達しなのだ。

このお達しをわれわれはこう読み取る。

ウォーキングとジョギングには言及しているが散歩には一言も触れていない。

これを「わざと」と取る。

「お代官様のお慈悲」と取る。

「散歩はＯＫ」と解釈した。

みんな家からぞろぞろ出てきた。

ぞろぞろ出てきて歩き始めた。

出てきて改めて散歩のヨロコビを噛みしめることになった。

散歩が脚光を浴びることになったのだ。

こうなってくると散歩をしっかり定義しておかないとあとでウルサイことになる。

何しろ風速にまでウルサク言ってくるお上のことだ、あとでどんなイチャモンをつけ

てくるかわからないのだ。
〔散歩〕気晴らしや健康のために、ぶらぶら歩くこと。（広辞苑）
〔散歩〕（行く先・道順などを特に詳しく決めることなく）気分転換・健康維持や軽い気持の探索などに出て歩き回ること。（新明解国語辞典）
そうだったのか。
これまでわれわれは散歩をあまりにも軽く考えていた。
散歩というのは〈何の考えもなく、何の目的もなく、思いつくまま気の向くまま、とりあえず前に進んで行くこと〉だと思っていたのだが、そうではなかったのだ。
健康維持とか、気分転換とか、探求心などのちゃんとした目的を持たなければならなかったのだ。

よーし、わかった、時あたかもコロナ時《どき》ではあるが時あたかも風薫る五月でもある。久しぶりに散歩でもしてくるか。

散歩のよいところは、思い立ったらすぐ実行に移れるところにある。

服装だって、たとえば炬燵《こたつ》にあたっていた場合はそのまま立ち上がってそのまま玄関に行ってそのまま外へ出て行けば、それがそのまま散歩になる。

あ、靴は一応履いたほうがいいかもしれないナ。

靴を履かずに靴下のまま外へ出て行って歩いていると徘徊の人と間違われるおそれがある。

そのようにしてあなたは靴を履いて玄関のドアを開けて外へ出た。

健康維持とか気分転換のことも一応頭に入れて玄関のドアを開けて道路の上に立った。

その瞬間、あなたは突然迷うことになる。

迷って当然なのであるが急にあわてる。

一番大切なことを決めておかなかったのだ。

家を出てから右の方向に向かって歩き始めるのか、左の方向に向かって歩き始めるのか、それを決めてなかった。

基本的にはどっちに向かって歩き始めてもよいわけなのでよけい迷うことになる。

散歩の基本その1、炬燵にあたっている時点で散歩の方向を決めてから立ち上がる。

とりあえず何となく右、という方針で右の方向に向かって歩き出したことにします。

数歩歩いたところで姿勢が気になってくる。

この姿勢でいいのか。

トボトボになっていないか。

そういう印象を人に与えていないか。

かといって、大手を振ってとか、肩で風切って、というのもいかがなものか。

両肘を突っぱってギクシャク歩くと競歩と間違われるし、両手両足を棒状にして高く激しく上下させると北朝鮮になってしまうし、と、いったん考え出すと歩き方というのはこれでむずかしいものだ、ということを知る。

散歩の基本はあくまで「歩く」である。

そもそも歩くとはどういう動作なのか。

〔歩く〕一歩一歩踏みしめて進む。（広辞苑）

〔歩く〕（常に、いずれかの踵を地に着けた

状態で）足を交互に前へ出して、進む。（新明解国語辞典）

広辞苑も新明解もどうかしてる。普通じゃない。

われわれは普通に歩いているとき、いちいち踏みしめるか？　「踏む」はいいけど「締め」るか？

「歩く」を説明するのに踵を持ち出す必要があるのか。

踵を持ち出すなら土踏まずのあたりも放っておくわけにはいかなくなるぞ。

「足を交互に出して前へ進む」も、足を交互に前に出せば進むに決まってるだろッ。

交互じゃなく同時に前に出したら突んのめって倒れるんじゃないのッ。

と、両辞典に反省をうながしておいて次へ進もう。

つい手ぶらで出てきてしまったわけだが、何か持参したほうがよかったのではないか。

永井荷風の散歩好きは有名で「断腸亭日乗」には毎日の散歩の様子がことこまかく記されている。

その散歩姿をいろんな人に目撃されてもいる。

それによると荷風は散歩のとき、必ず買い物籠を手に提げていたという。

そしてその中には全財産が入っていたという。

全財産というのは預金通帳、戸籍謄本、土地の権利書、文化勲章だった。

うーん、と唸らざるをえない。

散歩を思いたったとき、これだけのものを掻き集めるのは容易なことではない。

これだけで半日がつぶれてしまって散歩どころではなくなってしまう。

やっぱり手ぶらでいいんじゃないの、「手ぶら」って散歩のために用意された言葉だと思うし……。

と、ここまで、急に脚光を浴びることになった散歩の実態の解明につとめてきた。

先人の知恵、辞書の助けを借りたりしながらある程度の実態が浮かび上がってきた。

動機、服装、速度、社会的地位、世間は散歩をどう見ているか、持ち物、足の運び、などなど、散歩に関する知識と方策がこれで解明されたと思う。

コロナが明けたときの散歩の指南書として、このつたない一文が何かのお役に立つことを祈念しつつ筆を置くことにしよう、と思ったとたん「ちょっと待った」という声がどこからか聞こえてきた。

「哲学」が解明されていないではないか。

散歩にどういう心構えで臨むべきなのか、そのことに触れていないではないか。

確かに哲学的な考察はここまで一度もなされていない。

聞くところによると、京都大学の近くに「哲学の道」というのがあるという。

銀閣寺から南へ続く遊歩道で春は桜、秋は紅葉というまさに散歩に適した全長1・5キロほどの小道で、ここを哲学者西田幾多郎などが思索にふけりながら歩いたというので「哲学の道」と名づけられた。

そうだったのだ、散歩と思索は密接な関係にあったのだ。

気晴らしとか健康管理とか軽い探求心とかを頭に思い描きながら気楽、のんき、ホイホイ気分で歩くのも散歩ならば、形而上学的、絶対矛盾的自己同一的世界の自己限定について考えながら歩くのも散歩だったのだ。

しかし、これ、どうなんだろ。

これ、というのは絶対矛盾的自己同一のことを言ってるわけだが、これ、危ないんじゃないの、これを日本全国でやられたらどうなると思う？　頭の中は絶対矛盾で超満杯。

スマホ歩行も危ないが、絶対矛盾的歩行もかなり危ない。

スマホ歩行のほうは一目見ればわかるが、絶対矛盾のほうは見ただけではわからないところが危ない。

判定がむずかしいので事故になっていざ裁判ということになったとき必ずモメる。

こういう場合は道義を持ち出すに限る。

日本人は道義に弱い。

こうあるべきである、ということを道徳的に説く。

散歩はこうあるべきである、ということを「道《みち》」に持っていく。

そのあと「人の道」に持っていく。

幸いにして散歩とは道の上を歩くことである。

散歩と道は切っても切れない深い関係にある。

ここまでくればもうしめたものだ。

あとはもうどうにでも説明がつく。

散歩道《どう》というものを立ち上げる。

散歩道とは茶道、書道、華道、武士道のたぐいの「道《どう》」。

日本人は日常の何でもない行為、たとえば「お茶を飲む」仕草さえ道に持っていくのが得意だ。

散歩を散歩道《どう》に持っていくのに何の苦労があろう。

幸いにして日本にはいまのところ散歩道《みち》はあちこちにあるが散歩道《どう》はない。

ぼくが創立すればぼくが道場主《ぬし》ということになる。

道場主にして道祖。

茶道の千利休のような存在であるから何をどう決めてもいい。

ぼくの好き勝手。

その立場で細部を決めていくことにする。

まず思想。

まず哲学はご免こうむる。

せめて散歩のときぐらいは頭はからっぽにしておきたい。

座禅的からっぽ。

歩く座禅。

最近西洋では座禅的からっぽをマインドフルネスとか言うらしいが、ここは東洋なのでマインドエンプティ。

無心、無垢、虚心、これを散歩道の基本としたい。

ここで急に思い出したのだが、今から三十年ぐらい前に房総半島をバスで旅したことがあった。

バスの中は空《す》いていて、ぼくと三歳ぐらいの幼児を連れた母親だけ。

幼児は靴を脱いで窓にしがみついている。しがみついて景色に夢中になっている。犬を見つけるとそれを指さして「ワンワン」と言う。猫が歩いているとそれを指さして「ニャーニャー」、牧場にさしかかって牛がいると指さして「モーモー」、羊がいれば「メーメー」、蝶々が飛んでいると蝶々は鳴かないのでしばらく黙ったのち指だけさす。

それを思い出した。

思い出して「これだ！」と思った。

散歩の基本中の基本の哲学をあの幼児が教示していたのだ。

犬を指さして「ワンワン」と言い、牛を指さして「モーモー」と言ったときの彼の心はまさに無心であった。

認知でもないし発見でもないし報告でもないし同意でもないし、そこには考察もなければ分析もなければ批評もない。

ただ指さして「モーモー」。

これこそが散歩道の極意ではないのか。

一種の「境地」というものではないのか。

あの幼児は若くしてすでにその境地に達していたのだ。

散歩道のダライ・ラマだったのだ。

何とかして探し出して散歩道のダライ・ラマとしてお迎えしたいところであるが、今となっては詮《せん》ないことである。

タンマ君
傑作選
11
東海林さだお
出かけてきまーす
まて
その外出は不要不急か？
不要不急の用事はひかえるように
これはわたしが言ってるのではない
都知事の要請である
不要不急の用事での外出はひかえてほしい
このお出かけは不要不急か？
？
そこんところをよーく考えるように

ゴロゴロ
ピ
ゴロゴロ
ゴロゴロ
ピロ
ゆうべ
半額
出る!
今すぐ出る!!
まて!
それは不要不急か!?
今じゃなりとダメか!?
お上《かみ》にさからってでもしなきゃならないことなのか?
よーく考えてから行動しろ!
プス

マスクと人間

表情は筋肉でできている

今回のコロナ騒動で気がついたことが一つある。

コロナ騒動がなければこの先ずっと気がつかないで人生を過ごしたであろう新事実。

それは、

「人間は顔を露出させている」

というものであった。

「人間は顔を晒《さら》して生きている」

という言い方でもよい。

今まで何でこんな当たり前のことに気がつかなかったのだろう。

マスクによってこの事実に気がついた。

本来、という言い方をすれば、人間は顔を露出させてはいけない生き物なのだ。

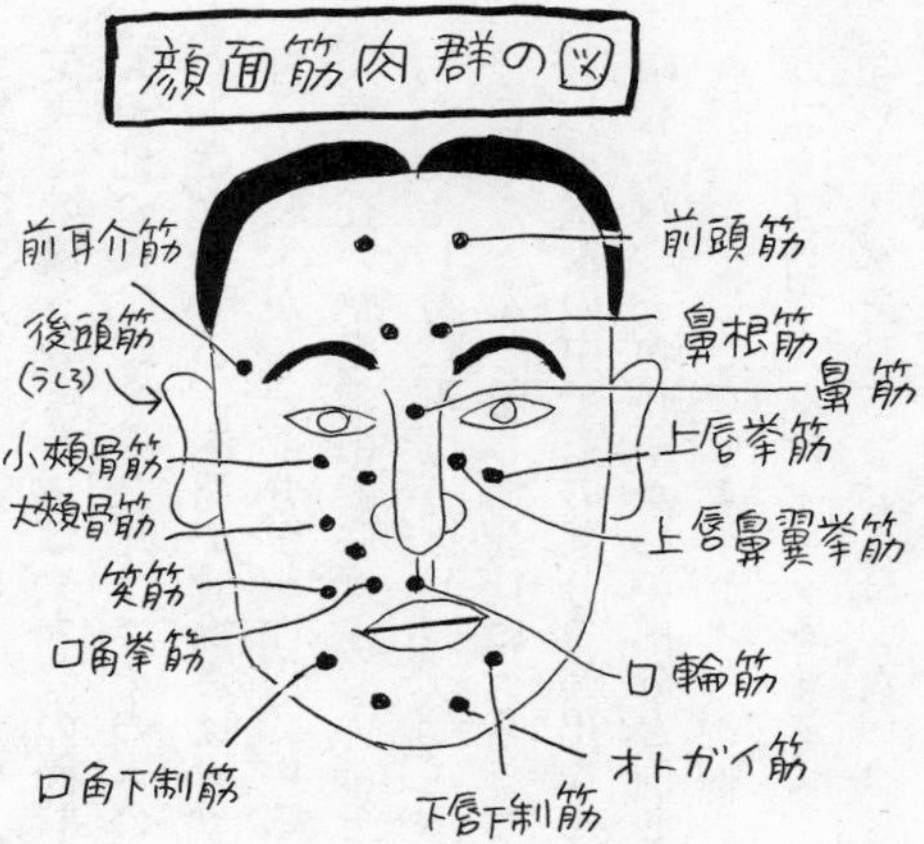

恥ずかしい、と思ったことありませんか、自分の顔を。

鏡に映った自分の顔をつくづく見て、恥ずかしくなって思わず両手で覆ったことあるでしょう。

そうです、それが人間として正しい姿なのです。

自分の声を録音したテープで聴いて恥ずかしく思った経験はありませんか。エ？　オレ、こんな声だったの、こんな声のはずないんだけど、と思ったのではありませんか。

こんな声のはずがない、のに、その声は正真正銘のあなたの声なのです。

本性が出る、とはまさにこのこと。

顔もそう。

あなたのその顔にあなたの本性がそのまま

出ている。

あなたのねじ曲がった根性がそのまま顔に出ている。

眉間に寄った二本のシワは、年中暗いことばかり考えている人としてそこに出る。

気立ての優しい人ならば気立ての優しい顔になる。

人相見の人は顔を見ただけでその人の境遇がわかる、性格がわかる、これまで生きてきた人生がわかる、未来の運命さえわかる。

自分の恥ずかしい部分が顔に出ているので人は鏡を見て思わず両手で覆う。

人類は長い歴史の中で恥ずかしい部分は隠して生活するようになった。

あなたも自分の恥ずかしい部分はちゃんと隠して生活してますよね。

今日もちゃんと隠して会社に行きましたよね。

もし、電車の中でその部分を露出なんかしたら大変な騒ぎになりますよね。

顔もまた、その恥ずかしい部分と同じ恥ずかしい部分なのだ、ということ、ここまで合点がいきましたでしょうか。

コロナ騒動で人々はマスクをするようになった。

今やマスクをしてない人はいない。

周りを見回すと百人が百人マスクをしている。

うっかりマスクをしないで街を歩いていると、向こうから来た親子づれの母親にわざ

とらしく遠回りされることさえある。

ぼくはもともとマスクが嫌いだった。息苦しいし鬱陶しいし、それよりなにより人の顔面に何かが貼り付いているのが不自然だと思っていた。

マスクだから誰も不自然だと思わないが、あれがもし特大のトクホンだったらどうでしょうか。

特大のトクホンを顔に貼りつけて街を歩いたりすると、母親どころか街中の人に遠回りされることになりかねない。

これまでの人生の中で、生まれて初めてマスクをつけてみて大発見をした。

マスクをしたとたん何だかホッとする。

世の中から遠ざかったような気持ちになる。

大げさに言うと世捨て人の心境。

特に最近のマスクはどんどん大きくなって

顔の半分以上が隠れる。

人間の顔面には眉と目と鼻と口が付いているのだが出ているのは目だけで顔の輪郭さえわからなくなっている。

これまではそれらの部品をひとつひとつ点検してその人の内実を判断しながら生きてきたわけだがマスク時代はそれが出来なくなった。

目だけで判断しなければならなくなった。

逆に言うと、目だけで世の中を渡っていけることにもなる。

コロナ時代の誠実は目だけであらわさなければならない。

同意の心は目だけで示さなければならない。

怒りも目だけ。

尊敬も目だけ。

ということはいかなる心情も目だけで訴えればよい、ということになる。

人間の表情は主に目と口（口元）でつくられる。

マスクをしていると口は見えない。

ということは、口のほうはどうにでもなるということになる。

ということは、会社で上役に叱られている場合、目には恭順の意を精一杯込めているが、マスクの陰で、

「このバーカ」

と笑っていてもいいことになる。

「死ね」

なんてことを思ってもいっこうに差しつかえない。

マスクの利点はまだある。

自慢話をするとき人はどうしても鼻の穴が広がってピクピクすることがある。

マスクだとそれが隠せる。

鼻の下が長い人にはそれなりの評価がなされるがマスクをしているとそれがわからない。

顔色を読む、という言い方があるが、この場合の顔色は表情を意味する。

表情は伝達の手段でもある。

オレは今日キゲンが悪いよ、ということを課長は顔で部下に伝達する。

多くの動物の中で表情があるのは人間とゴ

リラなどの類人猿だけだという。

ゴリラはお互いの目を見つめあって無駄な争いを避けるらしい。

ゴリラに比べると人間の目は実に膨大な情報を交換しあっていることになる。

「顔で笑って心で泣いて」などという複雑きわまる心情も場合によってはわざと表情にあらわして相手に伝えることもできる。

「顔は笑っているが目は笑ってない」という表情をつくることもできる。

この場合の表情はいずれも「つくった」表情であるが、表情というものはつくりものばかりではない。

自然にそうなってしまう表情もある。

人間はこの二種類の表情を上手に使い分けながら生活しているわけだが、みんなどのように使い分けているのだろうか。

ここでこの文章の内容に似つかわしくない「筋肉」という言葉が登場することになる。

筋肉ということになると誰もがまず思い浮かべるのがボディビルであり筋骨隆々という言葉になるのだが、その筋肉が人間の顔にも無数に付着しているのを知っている人は少ない。

実に20種類以上もの筋肉が付着している。

付着して、それぞれの場合に応じて独自の活動をしている。

上からいきます。

まず前頭筋、皺眉筋、鼻根筋、眼輪筋、上唇挙筋、……何となく焼肉屋の上カルビとか上肩ロースとかに似てなくもないが、それぞれちゃんとした名前を付けられて居るべきところにちゃんと居てちゃんと活動している。

この事実を全く知らない人でも、実際にはそれらの筋肉を上手に動かして表情をつくって上手に生活しているのだ、ということを初めて知った人も多いと思う。

茶坊主といわれる人がいる。

この人は上役と接するとき、小腰をかがめて両手でゴマをするような手つきをしつつ、上目づかいに上役を見つつ、そこにへつらいの笑みを加えつつ、さり気なく卑下の空気も醸《かも》し出しつつ「またまたご冗談を」などと言いつつ相手をぶつ真似をしたりするのであるが、このとき、彼は、自分の顔面に付着している眼輪筋や口角挙筋や下唇下制筋を盛んに駆使している。

ここで下唇下制筋の左側の端を少し上げ気味にするとより効果的だな、などと思いつつ実際にそのようにしているのだが、自分ではそのことに気づいていない。

半分気づいているが半分気づいていない。

じゃあ、その半分は誰がどうやって操作しているのか。

人間には自律神経というものが備《そな》わっている。

どうやらそいつがその半分を請け負っているらしい。

半分自力、半分自律系。

この両方を自在に操れるようになると会社では出世することになる。

会社に来客がある。

その人が名刺をくれる。

その人の肩書きを見る。

とたんに一歩下がって大仰に驚いてみせる。

顔が引《ひ》き攣《つ》っている。

地位の高さにおののいている、ように見せている。

このとき、この人の顔面に付着している筋肉群は総動員されている。

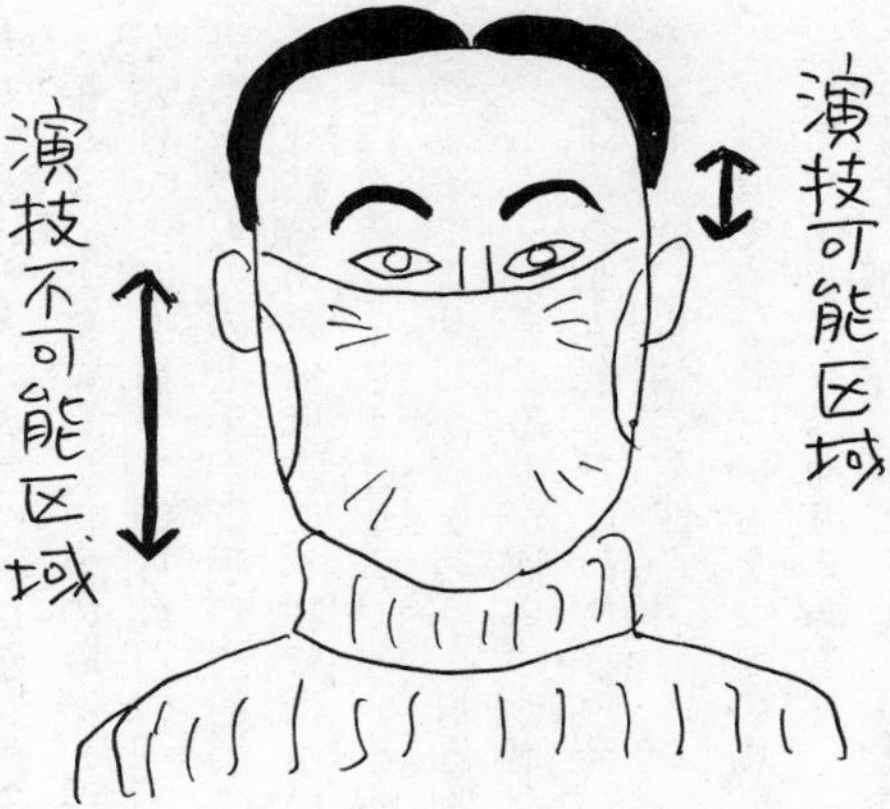

口角下制筋、大頬骨筋、鼻筋、小頬骨筋、前耳介筋、使える筋肉は全部使い切る。

自律神経系の不随意筋までも無理やり動員する。

この人（茶坊主）の場合は鍛練によって不随意筋の随意化に成功した人として社内では評判になっているらしい。

表情を軽くみている人は多い。

そんなことを論じても意味がないじゃないの、とみんな思っているかもしれないが、どうしてどうして、ここでは表情が出世につながっている。

表情ひとつで出世するという実例がここにある。

そればかりではない。

表情は商売道具になる。

表情を商売にしている人たちがいる。

俳優である。

この人たちは表情でメシを食っている。

素人、という言い方はヘンだが、俳優でない人たちの場合は拙《つたな》いながらも一応それらしく振舞うことによって自分の職業の一助として表情を使っているわけだが、俳優はそんな悠長なことを言っていられない。

表情そのものの上手、下手が、そのまま生活にひびいてくる。

しかも彼らの表情は常に本物ではない。

いかにもそれらしく見せる、という演技としての表情、いわば偽ものの表情をいかに本物の表情に見せるか、という、もう物狂おしいような、この世の物でないものをこの世にあるように見せるのが彼らの仕事なのだ。

演技はふつう体全体で行われる。

顔、手、足、すべてを使う。

だが映画でもテレビでもアップの場面がある。

超ドアップという場面さえある。

この場合、画面にアップされるのは顔だけ、時には目だけ、という場合もある。

このとき俳優は全神経を顔に集中する。

顔に付着している顔面の筋肉をいかに動かすか。どう活躍させるか。

顔面に付着している筋肉の中で演技に用いられるのは目の周辺の筋肉と口の周りの筋肉である。

演技には自慢して「小鼻をうごめかす」などというものもあるから鼻根筋及び鼻筋も使用することになる。

このあたりの筋肉はもともと動かしづらい筋肉なのだが、俳優は何としても動かさないわけにはいかないので何とかして動かすことになる。

ぼくもやってみたのだが、この筋肉はどうしても動かなかった。

俳優の表情は全部作り物である。

自律神経系の表情は一切ない。

画面いっぱいドアップのときの俳優の心理はどのようになっているのだろうか。

シナリオは「悲しみをこらえたつくり笑い」ということになっている。

エート、まず、両側の眉毛のつけ根のところを寄せるわけだが、そのあたりの筋肉ということになるととりあえず前頭筋と鼻根筋と皺眉筋ということになるから、この三つを同時にこう中央に寄せておいて、と、あとは笑うわけだから口の周辺にある口角挙筋と大頬骨筋を上のほうにこう引っぱり上げておいて、まてよ、それだと普通の笑い方になってしまう、何しろつくり笑いだから口輪筋を使って少し歪めた感じを出さないといけないな、などと、なにしろドアップであるから細部の細部、隅々の隅々までこまかく気を使わなければならない。

アップの時間はたった10秒であるから10秒のあいだにこれら全ての筋肉のことを考え、その所在を確認し、その活動を促さなければならない。

シナリオを見ると「悲しみをこらえたつくり笑い」のあと「つくり笑いを恥じてはにかむ」とある。

「はにかむ」は素人が考えてもむずかしい表情である。

顔面の筋肉群には「はにかむ」を担当する部署が見当らない。

どこの筋肉をどう使うと「はにかむ」ことになるのか。

画面はアップになっている。

観客は細部の細部にまで目を凝らしている。俳優はどこにあるかわからない筋肉をどうにかして動かさないわけにはいかない。

顔面の動きが静止しているだけだと「はにかむ」は表現できない。

コロナの時代はいずれドラマ化される。

ドラマ化されないはずがない世紀の大事件である。

その映画の画面にはマスクをした人がいっぱい出てくる。

当然俳優もマスクをしている。

このとき、マスクをしたままでこの「はにかむ」をどう表現するのか。

今後の俳優たちの大きな課題となるのはまちがいない。

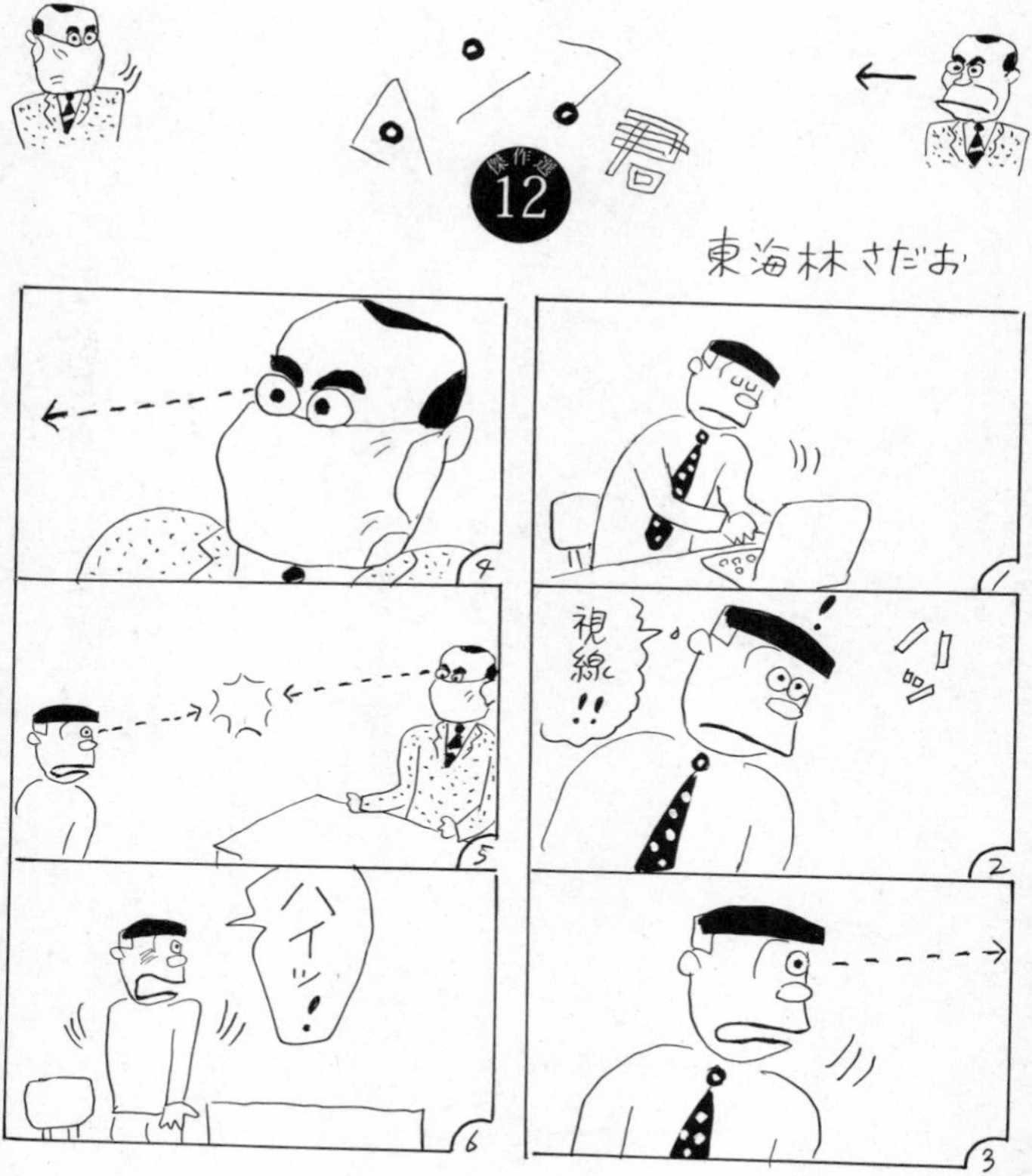
タンマ君
傑作選
12
東海林さだお
視線!!
ハッ
!
ハイッ!

こういう
ご時世である!
よりいっそう
心を引きしめて
働くように
!
と
ハイッ!
「マスクの時代」は
「目が物を言う時代」
である!

コロナ下「月刊住職」を読む
仏教界より葬儀界が……

「志村けんさんがコロナにかかった」

というニュースを聞いてから、

「志村けんさんが亡くなった」

となるまでがアッという間《ま》だった。

そのニュースを聞いてから間を置かずして、

「岡江久美子さんがコロナで亡くなった」

ということになったのはついこのあいだのことのような気がする。

ここから後《あと》の経過に誰もが衝撃を受けた。

「誰にも看取られず亡くなった」

「入院中の志村さんにお兄さんでさえ面会できなかった」

「火葬の立ち会いも許されなかった」

「遺体は死後すぐに納体袋に入れられてそのまま火葬された」

棺《ひつぎ》ではなく納体袋。

納体袋、初めて聞く言葉だった。

ネットで見てみると、どう見てもビニール製の大き目の生ゴミ用の袋である。

仮りにも人間の遺体である。それを、

「生ゴミの袋に入れていいのかッ」

と、つい大声で言いたくなり、つい活字も大きくしたくなる。

それでも、まあ、こういうご時世であるから、まあ、仕方のないことである、ということにするにしても、

「その袋ごと焼いちゃっていいのかッ」

と、またしても大声と大きい活字で叫びたくなる。

岡江久美子さんの場合は、入院のために家を出て、夫の大和田獏さんの元に戻ってきたときは骨壺の中だったという。

コロナ騒動以前の場合を考えてみる。

自分の妻が入院したとする。

家族の厚い看護にもかかわらず数日で亡くなる。

遺体は家に運ばれ、死化粧をし死装束をして棺に納められる。

枕元にお線香、僧侶の読経、お通夜、葬式、家族との最後のお別れ、参列者の焼香、出棺、……これら多くの儀式によって、残された者は家族の死を少しずつ、少しずつ受け入れていく。

心の整理をしていく。

それなのにコロナの場合はいきなり骨壺。

こんな酷いことが許されていいのかッ。

なぜこういうことになってしまうのか。

行政が関っているからである。

行政が取り仕切っているからである。

日本における日本人の死はこれまで寺院が取り仕切ってきた。

日本の葬式の九割は仏式と言われている。

日本にはお盆がありお彼岸があり墓参りという風習がある。

日頃も何かとお寺さんとの交《つ》き合いがある。

家族に死があればただちにお寺さんとの交き合いになる。

老衰による死亡も、病気による死亡も、不慮の事故による死亡も、コロナによる死亡も、死亡という事実に変わりはない。

今回のコロナによる死亡の「納体袋に詰めて焼却」という事実に対して、宗教家としての、仏教家としての見解があってしかるべきではないのか。

当然あるはずである。

無いはずがない。

だが、仏教界はシーンと静まりかえっている。

一言でいいから何か言って欲しい。

もしかしたら、どこかで何か言ってるのかもしれない。

それをぼくらは見逃しているのかもしれない。

そう思いつつ悶々としていたある日、新聞の一面記事の下の広告欄に「月刊住職」という雑誌の広告があるのを発見した。

もしかしたら、こういう雑誌には住職側の意見や見解が載っているのではないか。

藁《わら》にも縋《すが》る気持ちで6月号を購入する。

表紙に「寺院住職実務情報誌」とある。

「実務」という文字に惹かれた。

お寺さんが実際に行う業務である。

コロナ時代における寺院の日常はどのようなものなのか。

目次を見てみる。

まず、

「緊急事態宣言で減収激しい寺院に公的支援はなぜなされないのか」

エ？　そっちの話なの？

次が、

「これからの日本は無慈悲な葬儀レス社会になってしまうのか⁉」

やっぱりそっちの話らしい。

続いて、

「寺院売却のための宗派離脱事件」

「在宅医療から在宅看取りの危機」

「『生前契約』の仕組みと実際」

まさに実務である。

次が、

「コロナで分断より人とのつながりこそ命と立ち上がった寺院の実践」

やっとコロナが出てきた。

内容はこうだ。

「大阪府吹田市の住宅街にある浄土真宗本願寺派千里寺の門前に、大きなボックスが二十四時間、毎日置かれるようになったのは緊急事態宣言下の四月十七日からだ」

このボックスには、お米、レトルト食品などが小分けして入れられており、「食事にお困りの方はお持ち帰り下さい」という慈善事業の話である。

これらの記事のほか、

「寺院にマーケティングを活かす」

「お寺の画期的な掃除の仕方」

「お寺では泥棒に入られたことはあるか／具体的に防犯対策を講じているか」

などの実務そのものの記事も多数載っている。

「お寺と泥棒」の記事に急に興味を覚えたので読みこんでみる。

「貴寺では（お賽銭など）泥棒に入られたことはありますか」

という問いに対して、
ある……70％

ない……30％

とあって何と七割のお寺が泥棒に入られている。

「地蔵堂は無施錠でいつでも障子を開けられますしお線香代入れも屋外、本堂も昼間は鍵をかけないので白昼こじあけられ」

「被害は二、三千円なので派出所のお巡りさんも署には報告しなかった」

というのが実情らしい。

「対策を講じているか」

という質問には、
講じている……73％

講じていない……24％

どういう対策かというと、

「見ていますよ」という趣旨の張り紙をしたり「セコムのシールを張ったり」している。

雑誌であるからもちろん広告も載っている。

どんな広告が載っているのか。

阿弥陀如来像を売っている。

立像が48000円。

座像のほうは安いかというとそういうことはなく48000円。

雪駄の広告がある。

M・L・LL・3Lまであり標準小売り価格はどれも同じく6050円。

そうこうしているうちに「月刊住職」の7月号が出た。

目次を見てみる。

「お布施はカードでいいのか」

「寺院が怖いのはコロナより供養自粛だ」

「2500年前の釈迦直伝の手洗や衛生法」

「疫病時代これからの寺院建築」

表紙で「寺院住職実務情報誌」と謳っているとおり、やはり実務に徹した雑誌であるようだ。

理念とか観念とかとは別の方向でいっている雑誌、ということらしい。従って、コロナ禍における「生ゴミ袋問題」に何らかの見解や声明を発表する、などということはしないらしい。

そうこうしているうちに朝日新聞に次のような記事が出た。

「ひと」という連載のコラムに、

「新型コロナの感染対策を広める葬儀屋」

というタイトルで、葬儀屋の福島裕氏が紹介されている。

「新型コロナウイルスに感染した遺体とどう向き合うか。遺族が大切な人を納得して見送ることができるよう、弔う方法を模索する」

まさにこれだ。これではないか。

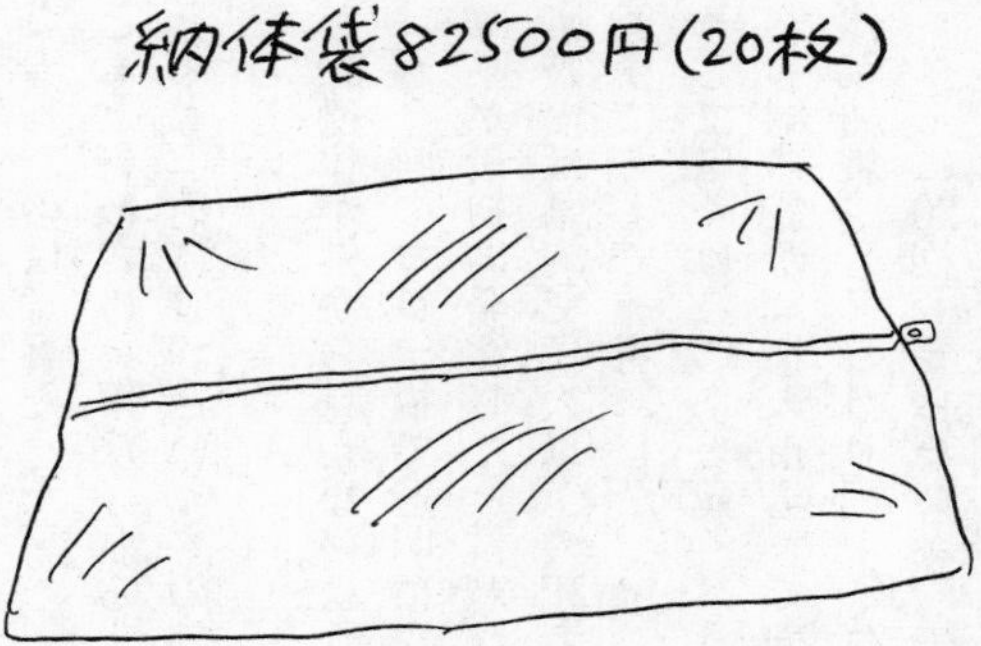

宗教界ではなく葬儀界が模索していたのだ。

このコラムによると、厚生労働省は火葬前の遺族の対面や拾骨を制限していないという。だが葬儀業者の中には、感染を恐れてそれらを禁じたり、依頼自体を断ったりするところもあるのが実情なのだという。

「遺族はわらにもすがる思いで頼ってくるのに」

と福島さんは残念に思っている。ので、
遺体を引き取る時の消毒方法や注意点のほか、遺族には消毒した棺に触れてお別れしてもらう方法などをオンライン会議などで指導している。

「亡くなった人を、尊厳を持って最高の形で送りたい」

そうなのだ、基本は尊厳なのだ。

尊厳から出発すれば自ずとコロナ時代の葬儀の全体像が見えてくるはずなのだ。

それにしても、コロナ時の葬儀について、宗教界からではなく葬儀界からの見解、提案がなされたのは意外だった。

もともと行政だけで解決されるような問題ではなかったのだ。

そもそも「納体袋」というものはもともとあったものなのか、というとあったことはあったらしい。

ただし遺体が外から見えないように白色などを使うのが一般的だった。

それが今回のコロナ禍で透明になった。

兵庫県が最初に発注したと言われている。

兵庫県では県内で10人以上の死者が出、神戸市は、葬儀のときに外から故人の顔が見えるようにあえて透明にした。

そうしてぼくはこのあと驚くべき事実を知ることになる。

早くも納体袋が「楽天市場」で売られていたのだ。

遺体収納袋、８２５００円（20枚セット）。

いっぺんに20枚も要らないが、一枚４１２５円。

安いといえば安い、のか、高いのか。

志村けんさんの場合も岡江さんの場合も今回のコロナ騒動の初期の出来事だった。

誰もまだ西も東もわからない状態のなかでの出来事だった。

今にして思えば、報道されたような、いきなり骨壺というようなことにはならなくてよかったかもしれない。

何しろ今回のコロナ事件は誰にとっても初めての体験なので、何をどうすればよいのかわからなかった。

誰もが方向を見出せず、右往左往するばかりだった。

きちんと方向を見出し、その方向をきちんと示せる人が未だにいない。

とりあえず自分で考え、自分なりの方法でやっていくよりほかはない。

とりあえず何をするか。

とりあえず手を洗うことである。

それも、丁寧に丁寧に洗うことである。

ぼくもいつのまにか、何かにつけて手を洗う習慣が身についた。

外から帰ってきて、ふと気がつくと水道の栓をひねっている。

石鹼を手にこすりつけている。

しかも丁寧にたくさんこすりつけている。

自分のこれまでの一生を振り返ってみてもこんなにも丁寧に手を洗った時期は一度だってなかった。

しかも手を洗うことが少しも面倒だと思わないことが今回の手を洗う習慣の特徴である。

多分、今回のコロナ騒動がなければ、手を洗うことが面倒で面倒で、という人生を過したにちがいないのだ。

今は外から帰ってきたらまず手を洗うという習慣が楽しく思われるようになってきた。

水道の水を出しっぱなしにしたまま両手をこすり合わせる。

水道の音がすでに楽しい。

手の平と手の平をこすり合わせたあと、指と指の間、指の股と言うのかナ、股と股をこすり合わせる、これが気持ちいい。楽しい。

そのあと右手の甲と左手の甲を洗う。

そのあと右手の指先の爪のところ全体をカリカリという感じで左手の手の平の上にこすりつけていく。

この作業は今回初めて知った手の洗い方である。

コロナ下ということで爪の先まで洗うというこの洗い方が日本人全体に行きわたった。

〝コロナ下〟という言葉をここで初めて使った。

〝戦時下〟という言葉はぼくらの子供時代によく使われた。

ぼくらは戦時下で育った。

小学校の二年生のとき日本は戦時下だった。
毎日のようにサイレンが鳴り響きB29による空襲があった。
防空壕生活というものも経験している。
そういう戦時下を経験している者にとってはコロナ下などはものの数《かず》ではない。
何のこれしき。
手を洗うなど、何のこれしき。

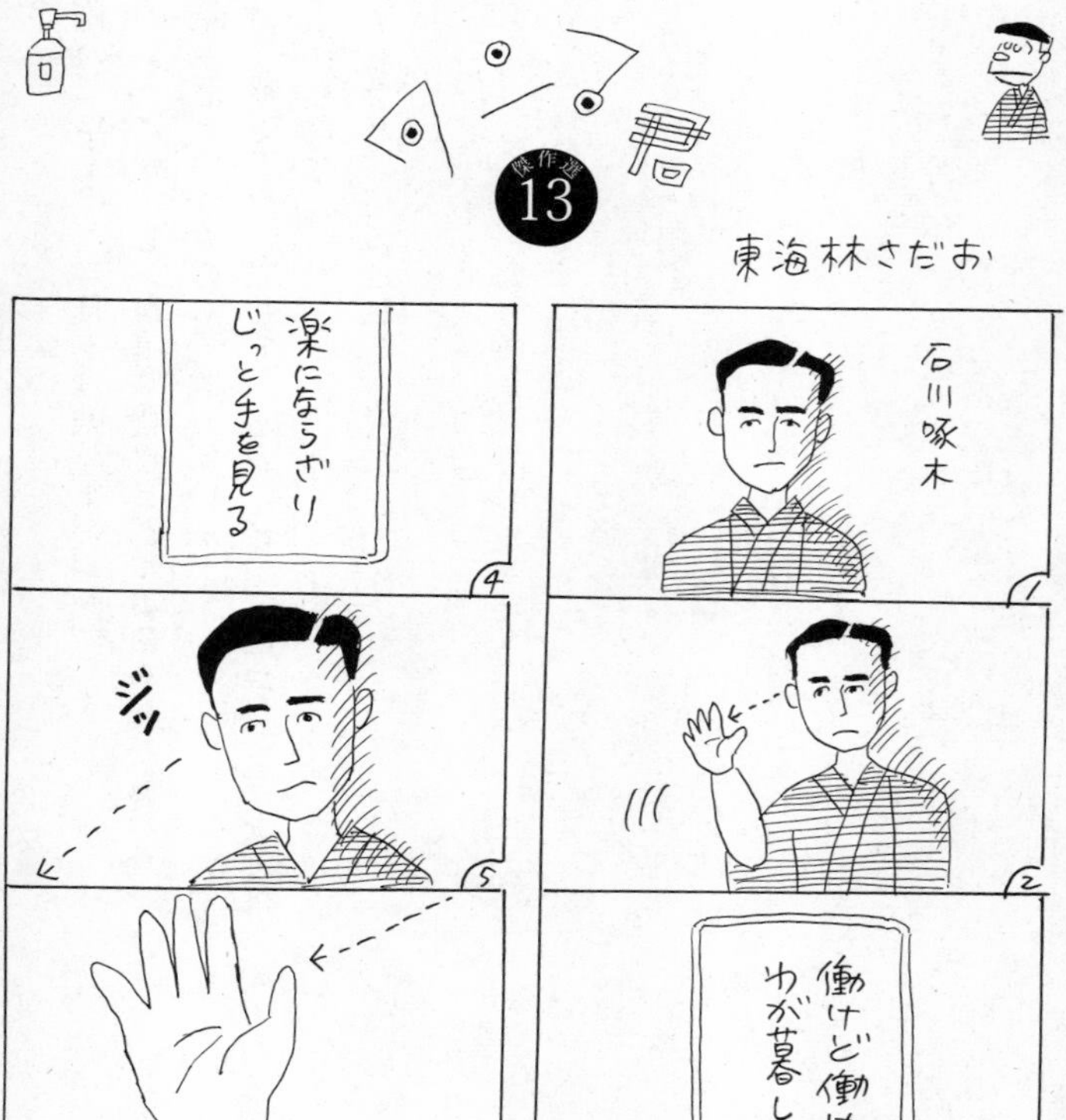
タンマ君
傑作選
13
東海林さだお
石川啄木
働けど働けど
わが暮し
楽にならざり
じっと手を見る
ジッ

タンマ君
ジャ〜
ジャー
洗えども
洗えども
ジャー
コロナ菌
とれたか
どうか
わからず
じっと
手を見る
タンマ君の
場合は
手の甲側
ツメの間
指の間
手首

対談　東海林さだお×田原総一朗

好奇心と性が僕らの原動力

東海林　『朝まで生テレビ！』にはもう三十年近く出演されていますね。

田原　三十三年になります。

東海林　すごい。そのパワーの源はどこにあるのでしょうか。

田原　好奇心ですね。今八十六歳ですが、現役でいられるのは好奇心のおかげだと思います。東海林さんの連載「男の分別学」も今年（二〇二〇年）で四十周年ですか。漫画やエッセイを書くにも、好奇心が大切なんじゃないですか。

東海林　僕はもうすぐ八十三歳ですが、好奇心は尽きないです。今日も田原さんの本を二冊熟読してきまして〈『セックス・ウォーズ　飽食時代の性』（一九八四年）『シルバーセックス論』（二〇一九年）〉。今日は政治ではなく、もうひとつの方、〝性事〟のお話ができたらなと……。

田原　ああ、セックスね。

東海林　はい。田原さんというと、政治経済分野の硬派なジャーナリストというイメージがあったので、こういったテーマを深く取材されているのは意外でした。とくに最近、老人の性というテーマに興味を持ったきっかけはなにかあったのですか。

田原　二〇一七年にNHKの『クローズアップ現代＋』で、まさに老人の性をテーマにした回がありました（「『高齢者だってセックス』言えない〝性の悩み〟」）。そこに当時八十三歳だった私がゲストに招かれたのです。下調べをするうちに興味が湧いて、今後の大きなテーマにしていこうと取材を始めました。

東海林　『シルバーセックス論』が生まれたのも、好奇心からなのですね。

田原　高齢者の性の問題はとても深刻なんで

すよ。僕の取材では、女性は大体、六十歳を過ぎるとセックスに興味がなくなるのですが、男性は八十歳手前くらいまで興味がある。

東海林　エーッ!?　七十代でもまだありますかね。

田原　(きっぱりと)男はあります。つまりね、年をとるにつれ、男女間で欲求に差が出てくるんです。男性はセックスしたくても、女性が応えてくれなくなる。下手すると、たとえば夫婦の場合、夫が妻に強要する、レイプのようなことになりかねない。

東海林　性欲を持て余した男が、犯罪やセクハラに走る危険性があると。田原さんは本のなかで、その対策のひとつになりうるのが、老人向け風俗だと書かれています。デルヘル……?　でしたっけ。

田原　デリヘルですね(派遣型風俗、いわゆるデリバリーヘルスのこと)。

東海林　そうそう、デリヘル。

老人が女性に求めるもの

田原　僕は六十歳以上の男性専門のデリヘルを取材しました。日本ではこうした老人専門の風俗店が増えているというより、風俗産業そのものが老人向けになっているんです。老人が増えたから、専門店でなくても高齢のお客さんに対応できるようになってきている。

東海林　へえ、カスタマイズされているんですね。

田原　取材を進めるうちに、男は何歳までで もセックスしたい生き物なのだなと実感しました。東海林さんだって、まだしたいでしょう?

東海林　ウーン、チャンスがあれば……。実は僕、風俗ってほとんど行ったことがないんです。「トルコ風呂」を一回取材したことがあるくらい。デリヘルもよく知らなくて、この対談の前にネットで検索してみたんですよ。そうしたら、すごくいっぱいお店が出てきて。

田原　サイトにはずらりと女性の顔写真が並んでいたでしょう。そこから好みの女性を選んで、お店に電話して希望を伝えると、スタッフが場所を口頭で案内してくれるんですよ。

東海林　どこに行けばいいんですか。

田原　客の自宅か、ラブホテル(通称・レンタルルーム)が多いようです。

東海林　デリヘルは、いわゆる〝本番〟は禁止なんですよね。

田原　本番は売春なので違法です。僕が取材したお店では、女性に本番を迫る客は出入り禁止にしたり、女性にも本番しないように指導したりと、経営者が厳しく取り締まっていました。

東海林　本番禁止とはいえ、お客さんの最終的な目的は本番ですよね。本のなかに出てきた経営者の発言でとても印象的だったのが、「（お客さんに）射精していただく」というもので。〝射精〟と〝いただく〟の言葉の組み合わせがなんとも（笑）……。

田原　当然ですよ。お客様なんだから。僕は近江商人の末裔なので、幼いころから祖母に「三方善し」の心得を言い聞かされて育ちました。三方善しとは、まずお客さんにとって善し、次に、世間に善し、そして自分にとって善しです。デリヘル経営も決して例外ではない。

東海林　たしかに「三方善し」ですけど……さすがに丁寧すぎませんか？　射精〝していただく〟って……。

田原　企業はお客様あってこそ、成り立つものです。業種は違いますが、日本航空を再建した稲盛和夫さんの話を思い出しました。日本航空が経営破綻したとき、当時の社員たちにはサービス精神がなく「お客さんを飛行機に乗っけてやる」という雰囲気だったそうなんですね。そこで稲盛さんは「飛行機はお客様に乗っていただくものだ」という

ことを徹底して指導したと。どんな仕事でも大事なことです。

東海林　アハハ、そうか、〝射精させてやる〟じゃだめなんですね。ところで、六十歳以上のなかで、射精まで辿り着ける人はどのくらいいるんでしょうか。

田原　二割いるかどうからしいです。

東海林　そんなもんですよね。お客さんにとって、射精はひとつの目標ではあるけれども、女性との〝心のふれあい〟を求めてやってくる人も多いとか。

田原　そうなんです。老人の多くは、セックスそのものを目的にしているというよりも、女性と触れ合ってなごやかに過ごせればいいと思っている。実際、女性とくっついて肌のぬくもりを感じていれば、それだけで幸せな気持ちになれると思いませんか？

東海林　ああ、癒やされると思います。デリヘルに来る老人たちの女性の好みは、ずいぶんと細かいようですね。胸の大きさ、垂れ具合、毛の濃さ、妊娠線の有無までこだわる人がいるとか……今の老人はすごい！　特に妊娠線はすごい！

田原　お客さんのなかには、サイトを見てもなかなか女性を決めることができず、お店の人と電話で一時間以上相談する方がいるそうです。

東海林　高齢者が安心して利用できるように、店側も工夫しているのですね。

田原　僕が取材していてびっくりしたのは、最近のデリヘルって、ITや飲食チェーンの経営者がサイドビジネスとして、やっていることが多いんだそうです。

東海林　へえ、なぜそういった人々が参入してくるのですか。

田原　今の風俗店は、従来の店舗型と違って派遣型ですから、いかに女性をスムーズに目的地まで派遣できるかが大事。そこで重要になってくるのが、道路状況や、どこのホテルに空きがあるかなどの〝情報〟。デリヘルを経営するには、それらを管理するシステムが必要なんです。IT出身者はそれを自前で作ることができますし、飲食チェーンならすでにあるデリバリーのシステムを応用することができます。

デリヘルで〝生きがい〟

東海林　田原さんは、デリヘルで働く女性たちにも取材をされています。皆さんとても真面目というか、正直僕のイメージしていた〝デリヘル嬢〟とは全然違いました。昼間は普通にOLとして働いている女性や、良い大学に通っている女子大生とか、家庭の主婦とか。

田原　『セックス・ウォーズ　飽食時代の性』の執筆のために風俗の取材をしたのは一九八〇年代ですが、あの頃と今では明らかに女性の質が変化していました。昔はスカウトマンが街なかで女性に声をかけたり、嘘の求人情報を載せて募集をかけたり、騙すような形で女性を集めて、ムリヤリ風俗で働かせていた。しかし今や、女性たちの方から応募してくるので、店側が無理をして女性を集める必要がないといいます。

東海林　経営がしっかりしていると、女性も安心して応募できるということなのでしょうか。

田原　それともうひとつ、今の若い女性たちは「あと月五万あれば、十万あれば」と切実に感じています。他の仕事でその額を稼ごうと思ったら、時間も取られるし大変です。しかしデリヘルなら、自分の空いた時間で効率よく稼げるというわけです。

東海林　大体どのくらいの収入になるのですか。

田原　月五万円稼ぐには、月五回、移動時間含め八時間程度の労働になるそうです。

東海林　女性のなかには、「人の役に立っている」と感じる人や、この仕事を通じて「生きがいを感じる」と答えている人もいて、驚きました。

田原　お客さんから「君のおかげで、生きているっていう感じがあるんだ」と言われて、とても嬉しかったと話してくれた女性もいましたね。

東海林　老人が言うのは分かりますが……、女性の側から「生きがい」という言葉が出てきたのは、かなり衝撃的でした。しかし、うーん……これは本音なんですかね？　どうも美談に聞こえるというか、信用しきれない（笑）。

田原　かなりの部分、本音だと思いますよ。

東海林　田原さんは、彼女たちに対してずいぶんと鋭い質問、そんなことまで聞いて大丈夫なの？　と思うようなことまで質問していますが、躊躇することはなかったのですか。

田原　相手が政治家であれ、一般人であれ、誰であっても、こちらが本音で話せば相手は心を開いてくれるものです。

東海林　僕もデリヘルの取材、してみたいなあ。

田原　ご紹介しますよ。彼女たちの本音を確かめてきてください。

東海林　ハハハ、ありがとうございます。お気に入りの女性を見つけてリピートする老人が多いそうですね。

田原　女性たちにとっても、一番の上客は老人なんです。優しくて金払いが良いし、なかには毎週利用する老人もいますから。

東海林　谷崎潤一郎が七十五歳のときに書いた『瘋癲老人日記』という作品があります

ね。七十七歳の老人が、息子の嫁に性的魅力を感じるけど、本人は不能なので彼女の脚に執着していくという話ですが……谷崎の時代にはデリヘルなんてなかったから、女性の脚に頰ずりして欲望を満たすしかなかったのかな（笑）。谷崎なんて可愛いもんだな、ということになりかねない。

田原　老人が欲望を満たす環境があるのは、良いことですよ。最近では、老人ホームでもデリヘルを黙認しているといいます。

東海林　エーッ⁉　そうなんですか！　老人ホームまで女性が来るんですか。

田原　大っぴらにはしていませんが、利用している入居者は結構いるそうです。

東海林　老人ホームでは、老人同士の恋愛のいざこざが大変だと聞いたことがあります。

田原　そうなんです。揉め事が頻発するので、昔は恋愛禁止の老人ホームが多かったんですよ。

東海林　へー！　高校の規則みたい。

田原　でも欲望を持て余した老人が暴走して、介護スタッフの女性を触るなどの問題が出てきてしまって、すっかり変わりましたね。今は自由恋愛を認めているところがほとんどです。

東海林　いやー、お盛んですね。ここまで高齢男性の話ばかりしてきましたが、高齢女性（傍点質問者）のためのデリヘルもあるのですか。

田原　僕が取材したときは、女性向け風俗はあっても高齢女性専用というのは存在しませんでした。でも今のデリヘルのシステムに乗せて「高齢者専用の癒やしサービス」を提供することは十分に可能だそうです。

東海林　今の老人は、若い人よりもはるかにセックスに対する欲望が強いと思いませんか。

田原　若い男は「草食男子」とかいって、セックスに関心が無いらしいですね。

東海林　信じられない(笑)。

田原　僕らが若い頃は、男性は積極的でいささか強引なくらいが良しとされていましたよね。

東海林　今はネットもあって娯楽が豊富だから、若い人は熱中できることが色々とあって、セックスに関心がいかないのかな。

田原　異性と会うのだって、直接ではなくオンラインで良いという人もいるらしいですよ。

東海林　エーッ!?　僕らの時代は〝とにかく会う〟のが大事なことでしたよね。僕のエッセイや漫画の重要なテーマに「下ネタ」があるのも、僕自身が若い頃に男性ホルモンに左右されていた経験からきています。とにかく「ヤりたいヤりたい」と欲望に支配されていましたから。

田原　アハハ、そうでしたか。僕の仮説ですが、多くの男性は心の奥底では、女性を前にしたら触りたいし、覗きたい。理性が備わっているから実行しないけど。

東海林　うーん、僕は今は覗きたいとはあまり思いませんねえ。

田原　それは珍しいかもしれない（笑）。

東海林　理性という言葉が出てきましたが、人間は歳をとってボケてくると、理性が失われていきますよね。僕はそれが本当に怖くて。いつか自分も見境なくなって、何をするか分からない状態になり、誰かに迷惑をかけるのではないかと不安なんです。

田原　東海林さんのように文章を書いたり、絵を描いたりしている方は、ボケないと思いますよ。

東海林　いやー、いずれ必ずボケると思います。田原さんは、老いに抵抗したいとは思いませんか。

田原　思わないですね。今はとにかく仕事が楽しい。

何歳まで働くか

東海林　やっぱり、昔から論争するのがお好きなんですか。

田原　僕は論争が好きというわけではないんですよ。今のスタイルは、まだまだ生活が苦しかった時代、会社を辞めてフリーになった頃に、この業界で生き残るために確立したものですね。テレビはとにかく見てもらわないことには話にならないから。僕は昔から興味を持った事柄を徹底して調べて、取材することが好きなんです。

東海林　てっきり喧嘩がお好きなのかと思っていました（笑）。しかしよく八十六歳までずっと仕事を続けてますね。

田原　誰も辞めろって言わないので（笑）。そういう東海林さんだって八十三歳でも現役。僕と大して変わらないよ！

東海林　ハハハ、確かにそうだ。僕の仕事は、実力主義といいますか、読者がつまらないと思ったら自然と仕事が減っていくと思っています。求める人がいる限りはずっと働き続けたいですね。

田原　僕はテレビの仕事が多いですが、テレビ番組はスタッフたちとの共同制作です。スタッフから信頼されなくなったらアウトだと思っています。

東海林　そういう世界で働き続けるのは怖くありませんか？

田原　絶対にスタッフに嘘をつかないと決めています。建前を言わない。すべて本音で話すようにしています。僕がスタッフによく言うのが、「番組を続けようと思って作るな」と。一本一本勝負する、それが結果的に番組として続いていけば良い、という考えです。

東海林　ああ、僕も仕事は毎回最善を尽くしていますね。誰かが監視しているわけではないので、手を抜こうと思ったらいくらでも抜けるんです。自分で「作品の質が落ちてきたな」と感じたときは、そこが辞め時なのだと思っています。

田原　僕が今ハッピーなのは、四十二歳のときに会社（現・テレビ東京）を辞めなくてはならなかったからだと思っています。日本の会社は、社員が好奇心を持ってはいけない仕組みになっている。言いたいことを言っていたら出世ができなくなるし、下手したら左遷される。

東海林　サラリーマンにとって好奇心は邪魔になる場合がありますよね。

田原　定年制というのもロクでもない。会社に勤めている間は頑張ることができても、定年を迎えたらすべて終わってしまう。サラリーマンは、ゴルフや麻雀などの趣味も、人間関係もすべて会社のなかで完結している人が多いですから、定年とともに孤独になってしまう。

東海林　でも会社の定年がなくなって、八十歳、九十歳の社員がたくさんいるようになったら、それはそれで……。

田原　そんな会社はダメだ（笑）。六十過ぎたら組織に属さず、権力に頼らず働くことが必要になってくると思います。

東海林　田原さんは何歳まで働きたいですか？

田原　働ける限り、働きたいです。まずは九十歳がひとつの目標ですね。

東海林　もうすぐそこだ（笑）。僕はこの先、いかにも〝おじいさん〟という見た目になっていくのが嫌で。シミとかシワとか老人顔、というんですかね、あれがどうも醜い気がして嫌いなんですよ。

田原　東海林さん、全然醜くないですよ。

東海林　今はね、かろうじてまだ大丈夫だと思っていますが……。髪も白髪が嫌なので染めていて、染めたまま死んでいこうと思っています。

田原　僕はもう気にしないかな（笑）。健康を保つために何かしていますか。

東海林　特別なことは何もしていないですが、家にあるマシーンでときどき身体を鍛えたり、毎日三十分くらい散歩をしています。

田原　ああ、散歩はいいですよね。僕も毎朝外を歩いて、最後は自宅の階段を五階まで上がっています。

東海林　それはすごい！　百段近くあるのではないですか。僕も昔は仕事場のマンションの十一階まで歩いてましたが、さすがにもう無理ですね。

田原　あとは鍼《はり》とお灸です。還暦のときに胃腸がまったく動かなくなって入院したのですが、西洋医学では全然良くならず、そのときに出会ったのが鍼とお灸。今でも毎週通っています。

令和ほど面白い時代はない

東海林　お休みはどのくらいありますか。

田原　僕の休みは一月二日だけ。この日はお墓参りをして、親戚の家に行き、夕飯も家族と一緒に食べます。娘と孫たちとご飯を食べるのが一番楽しいですね。一月二日以外は、毎日なんらかの仕事が入っています。僕、趣味って何もないんですよ。

東海林　欲しいとは思わないのですか。

田原　思わないですね。ずっと好きなことをやっているので、いつの間にか仕事が趣味になりました。仕事を仕事だと思っていないのです。

東海林　僕も趣味が仕事になっているので、毎日遊んでいる感じですね。

田原　昭和、平成、令和と三つの時代を生きてきましたが、今こんなに面白い時代はないと思っています。仕事が生き甲斐ですね。

東海林　僕も同じです。一致しましたね。三つの時代を生き抜いて、仕事が生き甲斐。これは幸せなのかな（笑）。

田原　まずは九十歳まで、お互い頑張りましょう。

東海林　そうですね。そのためにはセックスも大事にしないと。

田原　その通り。セックスを大事にしないということは、生きることをやめるということですからね。

解説　やわらかだが強い意思表明

ジェーン・スー

飄然と暮らすことが難しい時代になった。人間の抱える矛盾を受容した上で面白がったり、生活のあれこれを少し意地悪く観察したり、何事にも例外がある大前提を省略して語ることを善しとしないムードは、年々高まっている。

ゆらぎのない明確な意思を表明しろと、世間に凄まれているとすら感じることも増えてきた。持つ者と持たざる者の境界線はくっきりと引かれ、ものごとの善悪はモザイク状で、簡単には白黒をつけられないという当たり前も共有しづらくなった。そして、こういうことを言ったあとに「あくまで、個人の感想ですが」と添えないと怒られる。

誰に怒られるか。顔の見えない世間に、だ。功罪を列挙したら、罪のほうがやや多くなってしまったSNSのせいだ。もちろん個人の感想ですが。

飄然と暮らすことが最も難しくなったのが、二〇二〇年初頭から始まったコロナ禍だろう。未知のウイルスのせいで世界中が同質の不安に苛まれ、経済は逼迫し、心に余裕がなくなりユーモアは禁忌になった。もう少し詳しく書くなら、ユーモアが「心温まるもの」か、「悪ふざけ」かを、他者が断罪するようになった。

連帯より対立や排除が際立ち、家に留まり続けて誰もがヘトヘトになった。見通しのきかない未来に眉間に皺を寄せているか、声高に主張しているか、小さなしあわせを寿《ことほ》いでいるか、くらいしか許されなくなった。壮大な社会実験に強制参加させられているようでもあり、余裕がなくなると集団はこう変わる傾向にあると知った。

だから、『マスクは踊る』を読んで、心底驚いたのだ。これは「オール讀物」平成三十一年三・四月号から令和二年十一月号に掲載された連載をまとめたものなので、タイトルからもわかる通り、プレ・コロナからパンデミックど真ん中に書かれたエッセイ集だ。しかし、どこからパンデミックに突入したのか気づけなかった。東海林先生が、飄然と暮らし続けているからだ。娯楽小説誌という掲載誌の特性をさっぴいて考えても、驚きは変わらない。

コロナに関しての記述がないわけではない。話題としては、当然扱われている。掲載号と照らし合わせてみると、二〇二〇年五月二十二日発売の六月号が「散歩道入門　コロナで大躍進を遂げた運動」でコロナの初出。「コロナ禍」という言葉がメディアで使われ始めたのが二〇二〇年二月から三月あたりらしいので、辻褄はあっている。エッセイ界（というものが存在するのであればの話ですが）の末席を率先して汚すタイプの欲深い私なら、災いの足音が聞こえていたであろう四月二十二日発売の五月号で、我先にとコロナに触れていたと思う。一方、東海林先生のエッセイは「令和の〝チン〟疑惑　電子レンジと安倍内閣」である。もはや超然としている。いや、こっちも大事なことなので、世間に背を向けスカしているわけではないのだろうけれども。

コロナについての記述があるにもかかわらず、私がプレ・コロナとポスト・コロナの境目に気づけなかったのは、先述の通り、東海林先生が飄然と暮らし続けていたから。つまり、東海林先生の生活を描く態度がブレなかったからだ。どれほどのことが起こっても、一定の距離を保ち世間を眺める筆致には美学がある。社会の諸問題から目を離さずに、しかし一定の距離を保ち続けるには胆力が必要で、簡単なことではない。私なんか、時代のムードに合わせてコロッと文体を変えた。

戦争経験者は強いな、と思う。東海林先生は昭和十二年生まれで、私の父親は昭和十三年生まれ。どちらも戦中派の最後と言えよう。すえたご飯を食べた経験を持つ世代。世代で十把一絡げに語ることが忌諱されがちな昨今だが、日本が過去に経験した最悪の禍を生き抜いてきた人のへこたれなさは、良くも悪くもすさまじい。良い例が東海林先生。悪い例を知りたかったら、昭和十二年生まれの内閣総理大臣経験者を検索してみることをおすすめする。いや、三人いるな。私が言いたいのはオリンピックのほうです。

第二次世界大戦を幼少期に経験した諸先輩のユーモアに助けられたことは、一度や二度ではない。困難が迫ってきたときほど、それを面白がる。やせ我慢の冷笑とは一線を画すものだ。その余裕はどこからくるのか、戦中派の末席を汚す我が父親に尋ねたら、価値観が一夜にしてひっくり返ったからかもしれないと言っていた。

納得のいく説明もないまま昨日までの悪が今日から善となり、教科書に黙々と墨を塗った、もしくは親に塗られた子どもたちが、令和のＯＶＥＲ八十五歳だ。世間が掲げる規範に対する疑念や距離感は、我々のそれとは大きく異なる。結果、変化への耐性が高い。

耐性が順応性や客観性として現れる場合と、不屈なまでの不変（学ばなさとも言う）に現れる場合があり、年功序列に従って権力を行使される側＝戦後生まれにとっては危険なガチャでもある。

「ガチャ」とは最近のインターネットスラングで、お金を入れてレバーを回すとカプセルに入ったおもちゃがランダムに出てくる小型販売機を由来に持つ、スマホゲームのランダム型課金システムを指す。課金しても欲しいアイテムが手に入るとは限らず、それが射幸心を煽るのだが、インターネットスラングでは「子どもは親を選べない」など、選択の余地がない境遇を強いられる場面で使われる。半世紀ほど生きた私のような世代にとっては、親の老化が新たな親ガチャであり、ガチャは自分の行く末でもある。

しかし、大人は自身の性質をガチャに任せる必要はない。成熟した大人なら、ある程度は自分で選び取れる。順応性や客観性を尊びユーモアのある人生を選ぶか、時代の変化に鈍感なまま恐竜のように絶滅していくかを運に任せずにいられる。

東海林先生がなにを選んだかは、この一冊を読めば理解できる。軽妙な文体とは裏腹に、幼少期から世間をつぶさに観察していることがよくわかる。観察力は、人を恐竜に退化させない抑止力だ。

東海林先生の生きる指針が窺える「コロナ下『月刊住職』を読む　仏教界より葬儀界が……」を始めすべての稿に、おちょくりに擬態した批評がちりばめられており、やわらかだが強い意思表明がある。人間のディグニティについての深い考察を見逃してはもったいない。こういうことを書くのは本来不遜で無粋なので避けたいところだが、これは文庫の解説なのでご容赦ください。

話変わりまして。本作には、医師の長谷川和夫さんとジャーナリストの田原総一朗さんとの対談が収録されており、東海林先生が最も恐れているのは認知症であることがわかる。好奇心を失い、自分の頭で世の中を見渡すことができなくなるのを恐れていると言い換えても、誤解はないだろう。

邪推の域を出ない話ではあるが、よく聞く「自分のことがわからなくなるのが嫌だ」

とか「周りの人に迷惑を掛けたくない」などの理由とは異なる印象を受けた。ご自身を、世の中に対峙する視座と定義していらっしゃるように思えた。己の五感で世間を味わい尽くすことこそが、生きる醍醐味だとも。

キーボードを打ち始めて十年しか経っていない若輩者の暫定的な見解を記すのは気後れするが、勢いに任せて書くと、エッセイは「朝起きてご飯を食べて出かけて夜帰ってきて寝ました」を、どれだけ読むに堪えうる文章にできるかにかかっている。堪えうるか否かを決めるのは、書き手の視点だ。視座を固定するのは、欲望だ。生活の起伏が激しければよいというものではない。誰にでも複製可能な正解や結論が書かれていることでも、当然ない。

なんでもない日常の、ちょっとした引っかかりにこっそり虫眼鏡をあて、「なるほどね」とか「言われてみればそうだ」といった読後感を与えられたらしめたものと思いながら私は書いているが、目指す頂は東海林先生の立つ場所だと、本作を読んで確信した。飄然と暮らし、己の欲望から目を背けず、日常を素通りせずに書いていくということ。

最後に、私のようなすれっからしに解説執筆の機会を与えていただいたことに感謝する。平成二十七年度の講談社エッセイ賞を受賞した際、東海林先生は審査員のひとりだった。あまりに不慣れなことで、授賞式できちんとご挨拶もできなかった記憶がある。

選んでいただき、ありがとうございました。あのとき助けていただいた鶴です。いつか恩返しができればと祈るような気持ちでいたが、これがその十分の一くらいにあたるといいなと、鶴は祈るような気持ちでいっぱいだ。

（作詞家、コラムニスト、ラジオパーソナリティ）

初出　「男の分別学」「オール讀物」
二〇一九年三・四月号〜二〇二〇年十一月号連載
「タンマ君」「週刊文春」
二〇一九年七月〜二〇二〇年九月掲載分から抜粋

単行本　二〇二一年一月　文藝春秋刊

DTP制作　エヴリ・シンク

文春文庫

マスクは踊《おど》る

定価はカバーに
表示してあります

2023年10月10日　第1刷

著　者　東海林《しょうじ》さだお
発行者　大沼貴之
発行所　株式会社　文藝春秋

東京都千代田区紀尾井町 3-23　〒102-8008
TEL 03・3265・1211㈹
文藝春秋ホームページ　http://www.bunshun.co.jp

落丁、乱丁本は、お手数ですが小社製作部宛お送り下さい。送料小社負担でお取替致します。

印刷製本・TOPPAN株式会社

Printed in Japan
ISBN978-4-16-792117-0

文春文庫　東海林さだおの本

（　）内は解説者。品切の節はご容赦下さい。

東海林さだお
ゆで卵の丸かじり
ゆで卵を食べる時、最初にかぶりつくのは丸い方から？　白身と黄身のバランスから何口で食べ終えるのが正しい？　「食」への好奇心はいまだ衰えず。大人気シリーズ第33弾！（久住昌之）

し-6-83

東海林さだお
アンパンの丸かじり
にぎって、固めて、齧りつく。アンパンの別次元のおいしさに我を忘れ、ある時は「日本国鍋物法」を一人審議する……抱腹絶倒、大人気の「丸かじり」シリーズ第34弾！（重松　清）

し-6-85

東海林さだお
レバ刺しの丸かじり
もう一度アナタに逢いたい！　この世からレバ刺しが消える直前、さだおは走った——ナルトに対する選択肢・柿の種誕生物語・納豆ジャニーズ論など、第35弾も絶好調。（平松洋子）

し-6-87

東海林さだお
サンマの丸かじり
さようなら…。断腸の思いでプツンと頭を切り落とす。フライパン方式が導入されたサンマの悲劇。冷やし中華は「七人の侍」、許されざる太巻き、コンニャクとの関係など。（椎名　誠）

し-6-88

東海林さだお
目玉焼きの丸かじり
パセリの哀れな境遇を嘆き、枝豆の正式な食べ方についてマジメに考察し、つぶアンこしアンどちらを好むかで人物像に迫る。大人気食エッセイシリーズ第37弾！（姜　尚美）

し-6-90

東海林さだお
メンチカツの丸かじり
団結を深めた肉のミッシリ感。あのサイズには意地と面子《めんつ》がかかっていた！　メンチカツの報われなさ、稲荷ずしの異変を嘆き、角砂糖への恋心を募らせる、シリーズ第38弾。（小宮山雄飛）

し-6-91

東海林さだお
シウマイの丸かじり
牛肉弁当目当てに駅弁大会に突入、買えたのはシウマイ弁当一個…内臓をどう説得するのか!?　海鮮丼の悲劇、複雑な鱈一家、スマホ時代のポテチを憂う、シリーズ第39弾。（たかぎなおこ）

し-6-92

（　）内は解説者。品切の節はご容赦下さい。

焼き鳥の丸かじり
東海林さだお

化粧事情、歯茎が丸見え…「串外しNG」に思う、女性にとっての焼き鳥の串の存在。タンメンはブレず、スーパーレジ行列百景、脂身食いたい、など好評シリーズ第40弾。（荻原　浩）

し-6-94

バナナの丸かじり
東海林さだお

バナナの皮を踏むと本当に滑って転ぶのか体を張って大実験。ひとりあたりの肉の割り振り数をめぐって仲間内で繰り広げられる、焼き肉屋での攻防……シリーズ第41弾！（柄本　佑）

し-6-96

ショージ君の「料理大好き！」
東海林さだお

カツオのたたきならぬ「たたかず」、鉄火丼ならぬ「銀火丼」、「贋北京ダック」などなど、ショージ君が挑む、ユニークな男の料理。たくさんのイラスト入りで紹介した名著復刊。

し-6-84

猫大好き
東海林さだお

なんとも羨ましい猫の生き方研究から内臓と自分の不思議な関係まで。ショージ君が深〜く考える、大好評エッセイシリーズ。南伸坊、パラダイス山元、近藤誠との対談も収録。（壇　蜜）

し-6-89

ガン入院オロオロ日記
東海林さだお

「ガンですね」医師に突然告げられガーンとなったショージ君。病院食・ヨレヨレパジャマ・点滴のガラガラ。四十日の入院生活が始まった！　他、ミリメシ、肉フェスなど。（池内　紀）

し-6-93

オッパイ入門
東海林さだお

パイパイであり乳児の食の源泉でありわけもなく揉んだりするものであり……オッパイに謙虚であらねばならぬ！　中野翠氏との早稲田対談「恥ずかしい、都の西北」も収録。（吉田　類）

し-6-95

ざんねんな食べ物事典
東海林さだお

食べ物に漂う〝ざんねん〟を鋭く見抜いて検証する表題作から、誰も研究しなかった「ラーメン行動学」、「インスタントラーメン60年史まで。爆笑必至のエッセイ集。（長田昭二）

し-6-97

（　）内は解説者。品切の節はご容赦下さい。

田辺聖子
老いてこそ上機嫌
「80だろうが、90だろうが屁とも思っておらぬ」と豪語するお聖さんももうすぐ90歳。200を超える作品の中から厳選した、短くて面白くて心の奥に響く言葉ばかりを集めました。
た-3-54

立花　隆
死はこわくない
自殺、安楽死、脳死、臨死体験……。長きにわたり、生命の不思議をテーマとして追い続けてきた「知の巨人」が真正面から〈死〉に挑む。がん、心臓手術を乗り越え、到達した境地とは。
た-5-25

田中澄江
花の百名山
春の御前山で出会ったカタクリの大群落。身を伏せて確かめた早池峰の小さなチシマコザクラ――山と花をこよなく愛した著者が綴った珠玉のエッセイ。読売文学賞受賞作。（平尾隆弘）
た-14-5

高峰秀子
わたしの渡世日記（上下）
複雑な家庭環境、義母との確執、映画デビュー、青年・黒澤明との初恋など、波瀾の半生を常に明るく前向きに生きた著者が、ユーモアあふれる筆で綴った傑作自叙エッセイ。（沢木耕太郎）
た-37-2

高峰秀子
コットンが好き
飾り棚、手燭、真珠、浴衣、はんこ、腕時計、ダイヤモンド……。これまで共に生きてきた、かけ替えのない道具や小物たちとの思い出を、愛情たっぷりに綴った名エッセイ。待望の復刻版。
た-37-7

高山なおみ
帰ってから、お腹がすいてもいいようにと思ったのだ。
高山なおみが本格的な「料理家」になる途中のサナギのようなころの、落ち着かなさ、不安さえ見え隠れする淡い心持ちを綴ったエッセイ集。なにげない出来事が心を揺るがす。（原田郁子）
た-71-1

壇　蜜
壇蜜日記
賞味期限切れのソースで運試し。新聞を読めば、求人欄に目がいく。抱かれる予定はしばらくなし――。あの壇蜜が、文壇を驚愕させた流麗な文体で綴る「蜜」な日々！　文庫書下ろし。
た-92-1

（　）内は解説者。品切の節はご容赦下さい。

壇蜜
壇蜜日記2
壇蜜三十四歳。仕事の励みは風呂上がりのアイス。事務所の後輩の女の子が妹だったらと妄想……そんな壇蜜的日常に新展開。――「抱かれた」。各界から絶賛の書下ろし日記第二弾。
た-92-2

壇蜜
泣くなら、ひとり　壇蜜日記3
寝起きの猫の匂いを愛し、見られてはマズイ画像を持っている人を心の中で数え、「私と春はどちらが図々しいだろう」と物思う……壇蜜のリアルがここに。初小説も収録の文庫オリジナル。
た-92-3

壇蜜
噂は噂　壇蜜日記4
「不条理の利用」を女子に説き、寿司屋の看板を見ては「寿司良いなぁ」と涙を流し、男の優しさの先にある苦くて甘い何かを時に齧りたくなる……これがまさかの読み納め!?　書下ろし。
た-92-4

田部井淳子
それでもわたしは山に登る
世界初の女性エベレスト登頂から40年。がんで余命宣告を受け治療を続けながらも常に前を向き、しびれる足で大好きな山に登りつづけた――惜しまれつつ急逝した登山家渾身の手記。
た-97-1

高野秀行
辺境メシ　ヤバそうだから食べてみた
カエルの子宮、猿の脳みそ、ゴリラ肉、胎盤餃子……。未知なる「珍食」を求めて、世界を東へ西へ。辺境探検の第一人者である著者が綴った、抱腹絶倒エッセイ！　（サラーム海上）
た-105-1

津村節子
果てなき便り
「節子、僕の許を離れるな！」便箋から浮かび上がる夫・吉村昭の決意、孤独、希望、愛。出会った若き日から亡くなるまで交わした書簡で辿る、夫婦作家慈しみの軌跡。　（梯　久美子）
つ-3-15

土屋賢二
われ笑う、ゆえにわれあり
愛ってなんぼのものか？　あなたも禁煙をやめられる、老化の楽しみ方、超好意的女性論序説などなど、人間について世界について徹底的に考察したお笑い哲学エッセイ。　（柴門ふみ）
つ-11-1